인생은 아름다워라

인생은 아름다워라
안순덕

2014년 8월 25일 초판 1쇄 발행

지은이   안순덕
펴낸이   조기수
펴낸곳   출판회사 헥사곤 Hexagon Publishing Co.
등 록   제 396-251002010000007호
주 소   경기도 고양시 일산동구 숲속마을1로 55(풍동), 210-1001호
전 화   070-7628-0888 / 010-3245-0008
이메일   3400k@hanmail.net

ISBN 978-89-98145-33-0

한국문화예술위원회
Arts Council Korea

부산광역시
BUSAN METROPOLITAN CITY

부산문화재단
BUSAN CULTURAL FOUNDATION

본 도서는 2014년 한국문화예술위원회, 부산광역시, 부산문화재단의 사업비 지원을 받았습니다.

인생은 아름다워라

안순덕 산문집

HEXAGON
출판회사 헥사곤

차 례

내 마음의 풍등

옛집

안녕히 가세요

서해에서

작가의 말

이름자 앞에 수필가란 수식어를 달고
글을 쓰기 시작한 지 이십 년이 되었다.
책으로 묶으려고 오래전에 발표했던 글들을 보니
참, 부끄럽다.
제대로 쓴 글이 없었다.
맘에 차는 글이라야 몇 편 되지 않는다.

어떤 행위나 생각들, 사물에 대한
나의 시선, 나의 철학이 턱없이 부족해
뻔하고 상투적이고 감상적인 글뿐이다.

그렇다 해도 한편으론 쟁여둔 글들이

내 작은 문학의 역사라는 생각도 든다.

젊은 날의 열정과

중년의 즐거움과 고요를 들추어보면서

아쉬움 없는 것 아니었지만 모두가

한순간 스쳐갔던 삶의 풍경이었다.

생각해 보면 기쁨만 주었던 문학이다.

언제나 긍정의 삶을 부추겼던 문학이

앞으로도 오래도록 향기로운 벗이 되리라 여긴다.

2014년 9월 해운대 달맞이 고개에서

지은이 안순덕

인생은 아름다워라

○
○
○

시적인 것은 아름답다.

나만 있는 게 아니라 너도 함께 있는 것.

그것이 아름답지 않을 수는 없다.

○
○
○
○
○
○

시적인 것

 한여름.

평소 가깝게 지내던 두 시인과 함께 봉하마을에 도착한 건 점심 때가 지나서였다. 우리는 건더기가 수북한 소고기국밥을 먹고, 노 대통령 생가 마당 주위로 수런수런거리는 여름꽃들을 둘러보았다. 오래전 TV에서 노 대통령의 서가를 공개했을 때 〈쉽게 찾는 우리 들꽃〉이란 작은 책이 계절별로 꽂혀 있던 기억이 떠올랐다.

 한 시가 넘자 사람들이 모여들기 시작했다. 노무현 대통령 생전에 전국의 국민들이 대통령을 만나려고 봉하로 찾아온 것을 기리기 위해 재단에서 개설한 토요강좌를 듣기 위해서였다. 유월의 넷째 주 강사는 안도현 시인이었다. 사람들은 간신히 엉덩이에 깔 만한 비닐 방석을 받아, 뙤약볕을 가리기 위해 쳐진 커다란 천막 잔디밭에 편한 대로 퍼질러 앉았다. 혼자거나 짝을 지었거나 젊거나 백발이거나 상관없이 사람들이 넓은 잔디밭에 꽤 모여 앉았다. 톤이 높은 전라도 사투리도 제법 들렸다.

나는 안도현 시인의 시집을 눈앞에 두고 자주 읽는 편이었다. 그만큼 시인의 시를 좋아해서 마음이 설렜다. 좋아하는 시인을 마주 보고 그의 시와 생각과 삶의 소소한 이야기를 듣는 만큼 행복한 일이 근간엔 없었다. 강의는 두 시가 되자 시작되었다. 첫눈에, 시인은 그의 시와 같다는 느낌을 받았다. 표정이며 말투며 몸짓이 그랬다. 현재 검찰에 기소 중인 시인은 사건의 개요를 짧게 설명하고 바로 강의에 들어갔다. 주변의 나무와 꽃들에 대한 얘기를 먼저 꺼낸 시인은, 다른 건 몰라도 나무와 꽃에만은 좀 자신이 있다고 말하며 웃었다. 강의라기보다 그냥 터놓고 하는 이야기마당이라는 게 어울릴 듯한 분위기였다.

시인이기보다 시적인 사람으로 사는 것이 더 좋더라는 것에 대한 이야기를 시인이 풀기 시작했다.

30년 넘게 시와 함께 지내지만 정작 시가 뭔지는 모르겠고, 다만 자신은 시를 쓰는 사람이 아니라 시적인 것을 찾아서 쓰는 사람. 시적인 것을 가르치는 사람은 분명하다. 시적인 것은 아주 작은 것을 들여다보는 마음이다. 저기 서 있는 소나무가 아름다운 것도 그 뒤의 배경이 있음이고 내가 나일 수 있는 것도 내 옆에 누군가가 있기 때문이다. 아주 작은 것, 소용없어 보이는 아주 하찮은 것도 소중하게 여기는 마음이 시적인 것이다. 시적인 사람이 되고 시적인 사회로 가는 게 중요하다. 시적인 것이란 변화할 수 있는 것. 바꿀 수 있는 자신감을 필요로 한다. 돌아가시기 두 달 전에, 딱 한 번 봉하에서 만났던 노 대통령은 시를 잘 모른다고 했지만 사실 굉장히 시적인 사람이었다.

강의 중.

아이는 요리조리 뛰어다니며 바람개비를 돌리고 고추잠자리 나비들이 불쑥불쑥 청중들 사이로 드나들었다. 그런가 하면 산들바람은 한여름, 잔디밭 강의실의 열기를 식혀주었다.

순간, 나는 지금 참 시적인 하루를 보내고 있다는 행복감에 즐거워졌다. 나만 아니라 다들 그런 듯했다.

먼 데 있지 않은 시적인 것들.

그런 것들을 찾아 눈길을 주고 마음을 던지다 보면 아주 조금은 시적인 사람이 될 수 있을 것이다. 강의가 끝나고 시인의 시집에 사인을 받았다. 좋아하는 시인의 사인을 받는 것, 그것도 어찌 보면 퍽 시적인, 작은 행복으로 쳐도 좋을 것 같았다.

　시적인 것은 아름답다.

　나만 있는 게 아니라 너도 함께 있는 것.

　그것이 아름답지 않을 수는 없다.

　좋아하는 시인과 함께한 시적인 한여름이었다. (2013)

소녀와 함께 춤을

커다랗게 쌍꺼풀진 눈에 콧대가 높고 입술선이 분명한 소녀들이 꽃바구니를 들고 타지마할 궁전으로 들어왔다.

"나마스떼"

소녀들은 궁전을 빠져나가는 우리와 눈이 마주치자 인사를 던지며 수줍게 웃는다. 살짝 검은 피부 때문인지 어린데도 웃음이 깊었다. 소녀들은 바구니에 수북한 꽃을 내 머리 위에 한 아름 뿌려주었다. 신전에 경배드릴 꽃을 이방인에게 먼저 날려주는 소녀들의 마음이 따뜻하게 와 닿았다. 다정스레 몇 장의 사진을 찍어준 소녀들은 "나마스떼" 명랑한 인사를 던지고는 하르르 꽃잎처럼 날아갔다.

행복한 소녀들과 헤어져 막 타지마할을 빠져 나왔을 때였다. 조금 전, 궁전에서 만난 소녀들보다 한두 살 위로 보이는 소녀가 등에 아기를 업고 원 달러, 원 달러, 우리 일행을 따라다니며 동냥질을 했다. 업은 아기의 다리가 소녀의 엉덩이께로 빠져나왔다. 사내아이 한 명이 바짝 붙어 소녀를 따라 움직였다. 일 나간 엄마를 대신해 소녀가 동생을 걸리고 업고 종일 구걸을 하는 중인가 보았다. 우리를 바라보는 소녀의 눈이 간절하여 애처로웠다. 동생을 보살피기에 너무 어린 소녀였다.

그때, 땡볕에서 온종일 아기를 업고 밥을 구걸하는 너무나 어린 소녀에게, 며칠이라도 끼니 걱정 안 하게 마음을 모으면 어떨까 하고 언니가 일행에게 제의했다. 비록 일이천 원이지만 돈이란 게 어려운 거여서 언니는 조심스러운 표정이었다. 일행은 첫말에 선뜻 그러자고 했다. 무턱대고 돈을 쥐여주는 게 옳은 방법은 아니겠지만 지나치게 어리고 가녀린 소녀의 눈빛이 그런 생각조차도 막아버렸다. 얼마 안 되는 (그래도 소녀에게는 꽤 큰 액수였다.) 돈을 받아든 소녀가 놀라면서도 얼굴이 확 꽃처럼 피었다. 대구에서 왔다는 자매는 아이들을 만나면 선물할 거라며 가져온 초코파이를 커다란 봉지 속에 넣어주었다. 소녀의 눈에 생기가 돌았다. 소녀는 엉덩이에 간신히 걸쳐있던 아기를 힘주어 올려 업었다. 그러면서 내내 일행의 곁을 떠나지 않으며 "나마스

떼" 고마움을 표했다. 소녀는 버스가 멀어질 때까지 손을 흔들고 있었다.

나는 여행을 하면서 인도의 역사와 문화를 알아가는 것도 재미있었지만, 그것보다 소녀, 소년들의 눈동자를 바라보는 게 좋았다. 우리와 별다를 것도 없는데 이상하게도 내 눈엔 그들의 눈동자가 달리 여겨졌다. 눈동자가 다르기보다는 정확히 눈의 깊이에 마음이 갔다. 검은 피부 탓에 눈의 음영이 더 깊은 걸까? 그렇기도 하겠지만, 그보다는 커다란 눈에 가득한 맑디맑은 눈빛 때문인 듯도 했다. 가난에 찌들어도 아직은 세상에 물들지 않는 무구함을 오래도록 간직했으면 싶었지만 그것도 한갓 나의 감상일 뿐이었다.

소녀는 황금색 꽃으로 머리 전체를 장식하고 있었다. 머리가 꽃이었다. 초록과 노랑이 섞인 넓은 훌라 치마에 허리엔 노란 띠를 두르고 뱅글뱅글 돌아가며 춤을 췄다. 아빠가 부는 피리 소리에 맞춰 나풀나풀 춤을 추며 노래까지 불렀다. 나는 소녀의 손을 잡고 어설픈 춤을 췄다. 소녀의 손에 산뜩 힘이 들었다. 비록 돈벌이가 소녀를 춤추게 했지만, 소녀는 즐거워했다. 소녀의 아빠도 신이 나서 쉬지 않고 피리를 불었다. 춤사위야 아무려면 어떨까, 둘러선 사람들도 손뼉을 쳤고 두세 명은 춤을 거들어 주었다.

소녀는 춤을 추는 내내 내 눈을 맞추며 웃었다. 타지마할에서 만났던 소녀들의 웃음과 같은 웃음이었다.

지구의 어디라도 없을 수 없는 가난. 비록 가난 때문에 노래하고 춤춰야 하지만 소녀의 춤사위 속에서, 둘러선 사람들의 눈빛과 웃음 속에서, 잠깐이지만 세상의 따뜻함을 느꼈다면 나의 감상이 지나쳤던 것인지도 알 수 없었다.

그렇다 해도 소녀와 함께 춤을 추는 짧은 시간 나는 즐거웠다.

(2012)

인생은 아름다워라

　지난 5월, 부산에서 병원을 하던 J 의사로부터 만나고 싶다는 전화가 와서 경주 산내로 갔다. 부산의 병원을 그만두고 젊은 그가 산내로 들어간 지 6년. 그는 산 속에서 삶과 죽음의 경계에 선 암환자들을 대체의학으로 치료하고 있었다. 양의의 자연치유. 이른바 통합치료였다. 그가 6년 간 연구하면서 치료한 암환자들의 치료 과정을 의학적, 과학적으로 증명하는 책에 환우들의 극복사례를 싣고 싶다고 해서 쾌히 그러마 하고 했다. 병원에서 시한부 선고를 받거나 말기를 눈앞에 둔 병기가 나쁜 환자들이었지만 자연치유 과정을 통해 몇 년째 건강하게 잘 살고 있는 사람들이 취재 대상이었다. 개원 행사에 맞춰 9월에 발간을 할 예정이었으므로 서눌러야 했다.

두 달 동안, 방방곡곡에 흩어져 사는, 지금도 암을 관리 중인 사람들을 만났다. 삶의 위험한 복병을 만나 대처하는 방법이나 치유하는 과정은 제각각 달랐지만 그들의 가슴 속에 가득 찬 '인생은 아름다워'는 한결같았다. 아파보지 않고도 인생이 아름다운 걸 누가 모를까만 특히나 죽음 쪽에 바짝 붙어섰던 그들의 '인생은 아름다워'는 극적이었다.

미워하고 불평하고 싫어하는 마음을 갖지 않는 그들의 다큐 뒤에 숨은 절절함. 그들의 이야기는 구절구절 마디마디 깊은 울림이 있었다. 얼마나 오래 사는가보다 어떻게 사는지에 초점을 맞춰 삶을 바라보는 그들의 시선은 우물처럼 깊고 따뜻했다.

어느 날, 갑자기 인생의 무대에서 퇴장해야 한다는 선고를 받았을 때의 암흑을, 그 어두운 터널을 힘들게 빠져 나온 사람들에게서 일치하는 1순위 비법은 의지와 긍정이었고, 그다음이 치료요법이었다.

한때, 영정사진을 찍어두었다고 말하면서 밝게 웃던 매력적인 경기도의 여자 환우. 사람이 어려움을 겪고도 그리 명랑하고 환한 얼굴을 가지고 있어서 놀라웠다. 그 환우의 집은 길이 멀어 서울의 형부가 차를 태워주었다. 취재가 끝나고서야 형부가 밖에서 기다린다는 것을 안 그녀는 나를 잠시 대문 앞에 세워두더니 집안으로 들어갔다. 다시 나온 그녀는 갖은 과일을 깎아 담은 도시락을 건네주었다. 아프기 전 레스토랑을 경영한 솜씨인 만큼 과일을 양껏 모양내어 깎아 담았다. 더운데 시원하게 목을 축이면서 가라는 한 마디에 형부도 나도 그만 감동을 하고 말았다. 잘 가라는 인사만 한들 어떠려고.

그런가 하면, 새벽마다 까치와 한판 승부를 벌이는 밀양의 남자 환우. 매일 아침, 닭이 낳는 알을 먼저 차지하기 위해 까치는 나무 위에서, 남자는 조금 떨어진 매실 밭에서 닭장을 지키며 달걀을 기다렸다. 겨루기는 막상막하였다. 누가 한걸음이라도 먼저 닭장에 도착하느냐가 관건이었다. 남자는 어쩌다 닭이 알을 한두개 더 낳으면 까치 몫을 남겨두기도 했다. 어쨌든 지금은 "까치 몸집이 꿩만 하다"며 껄껄 웃던 넉넉함이 보기 좋았다. 남자는 시한부 3개월을 선고받고도 7년 동안 살고 있는 것은 자신이 산야초 박사가 되었기 때문이라며 말린 야생 구지뽕 잎을 병 가득 담아주었다.

한 명 한 명, 그 인생이 다 애틋했다. 주부, 농부, 교사, 간호사, 사업가, 대기업 임원, 사회운동가, 정치가 등 각기 다른 분야에서 경제활동을 하면서 사회적 성취감을 느끼던 사람들에게 불현듯 찾아온 암.

처음 한동안은 넋을 놓고 갈팡질팡, 절망감에 사로잡혔지만 그

것은 잠시. 대부분의 사람은 적극적인 자세로 암과 맞섰다. 큰병에 걸렸다고 울고불고하던 시절은 이미 옛날의 일인가 싶을 만큼 사람들은 의연했다. 물론 그 뒤에 감춰진 고통과 외로움과 두려움을 어떻게 안다고 할 수가 있겠는가.

가족들에겐 서울로 출장 다녀온다고 둘러대고 수술을 하고 온 중년의 여인. 자신이 죽고 없을 경우를 대비해 아내에게 유서를 미리 써 놓았던 젊은 가장. 아프고 난 뒤 더욱 왕성한 사회활동을 하거나 심산유곡으로 들어가 고요하게 사는 사람.

그들이 한결같이 말하는 것은 '인생은 아름다워라'와 '그때 그것을 알았다면'이었다. 그렇게 아름다운 인생을 쓸데없는 것(경쟁하고 욕심부리고 미워하고…)에 다 써버렸다는 아쉬움에 다들 눈시울을 붉혔다. 그러면서 남에게 나를 내주는 마음의 필요성을 이야기했다. 아주 작은 것 하나를 소중히 여기며 큰 것에 혹하지 않는 것도 지혜로운 삶이라고 했다. 다 아는 이야기들이다. 그런데 그걸 아프기 전, 그때는 그것을 몰랐고 또 알았다 해도 실천하지 못했던 것이다.

'그때 그것을 알았더라면'
지금 암에 걸리지 않았을지도 모른다는 것도 공통된 후회거리였다.

해가 바뀌어갈 때마다 나는 더러 인생이 참 덧없다는 생각을 한다. 건강한 사람도 시한부의 인생을 살고 언젠가는 가뭇없이 사라져가기 때문일 것이다. 그러나 시한폭탄을 몸에 안고 눈앞의 죽음과 맞서 싸우는 그들을 보면, 한 번이라도 인생을 부질없다고 생각하고 말할 수는 없다.

누구에게나 공평하게 한 번만 주어지는 삶. 그건 길기도 하고 짧기도 하고 때론 아쉽기도 하다. 슬픈 듯 짧고 지루한 듯 길고 안타까운 듯 미련을 끊지 못하는 삶. 이 모든 삶의 공통점은 그래도 '인생은 아름다워라' 이다.

'딩동.' 문자가 왔다.

"요즘 기타를 배우는데 정말 즐겁네요."

과일 도시락을 만들어 주었던 환우다. 그녀의 환한 얼굴을 떠올리며 나는 짧은 문자를 보낸다.

'인생은 아름다워라' (2011)

엄마가 섬그늘에

장유에 사는 친구에게서 전화가 왔다.

마침 토요일이 '조금'이니 굴 따러 가자면서, 3월 중순 지나면 굴도 끝물이라 때 놓치면 안 된다는 당부도 곁들였다. 바닷가에 솥 걸어 마지막 굴을 꼭 삶아 먹고 봄을 맞아야 한다는 말이 유정했다.

영광도서 앞에서 만난, 40년 지기 친구 넷은 소풍을 가듯 즐겁게 길을 나섰다. 장유에 도착하니, 친구는 솥이며 물통, 버너 등을 트렁크에 가득 싣는 중이었다. 아름다운 나이 스무 살에 만났던 친구의 남편이 1일 가이드로 동행했다. 어쩌다 주고받는 전화만으로도 '늘 거기 있는' 오랜 친구들이었다. 우리는 창원과 마산을 잇는 마창대교를 지나 귀산동 해안도로를 달리다가 크고 작은 자갈이 많은 자그마한 바닷가에 도착했다.

트렁크의 짐들을 옮겼더니 바닷가에 살림살이가 가득했다. 가이드에게 목장갑과 호미, 굴을 담을 물통과 대야를 각자 나눠 받았다. 제법 햇볕이 뜨거워 모자까지 푹 눌러 썼더니 아주 바닷가 굴 따는 아낙네가 되었다. 장유의 친구 말고는 모두들 난생처음 따보는 굴이었다.

"캐다 보면 사는 것처럼 절로 방법을 알게 됩니다."

몇 번 시범을 보인 가이드의 말을 따라 굴을 캐기 시작했다. 처음엔 친구 부부를 졸졸 따라다니며 캐던 우리는 어느새 이리저리 흩어졌다. 장화를 신은 가이드는 바닷물에 발을 빠뜨리며 익숙한 솜씨로 굴을 캤다. 처음엔 굴 껍데기를 깨서 제대로 채취할 수 없었지만, 실패를 거듭하니 굴을 딸 수 있었다. 시중에서 파는 것처럼 큼지막한 굴이 아닌 작지만 싱싱한 자연산 생굴을 까서 입에 쏙쏙 넣어가며 캐는 친구들의 폼도 제법이었다. 허리를 펴고 굴통을 볼 때마다 수확의 기쁨이 차올랐다. 통통통. 통통배도 지나갔다.

"얘들아, 점심, 점심."

친구는 어느새, 자갈 위에 준비해온 점심을 펼쳐놓았다. 갖가지 나물과 미역국까지 담아냈다. 커다란 양푼에 나물을 부어 고추장으로 비빈 비빔밥과 떡라면은 그야말로 꿀맛이었다. 그러는 새 압력솥에 불을 지펴 넣은 굴이 탱글탱글하게 다 익었다. 막걸리

를 한 모금씩 하고 벌어진 굴 껍데기로 살짝 굴을 밀어 입에 넣었
다. 향긋한 굴 향이 입안에 가득 퍼졌다. 우리는 다시 한 시간 정
도 굴을 땄다.

"얘들아, 커피, 커피."

커피 물이 끓는 동안 우리는 노곤해진 몸을 아무렇게나 구기고
바닷가에 눕거나 앉았다. 누군가 노래를 부르기 시작하자 노래는
곧 합창이 되어 물결을 탔다.

　　엄마가 섬그늘에 굴 따러 가면
　　아기가 혼자 남아 집을 보다가
　　바다가 불러주는 자장노래에
　　팔 베고 스르르르 잠이 듭니다.
　　아기는 잠을 곤히 자고 있지만
　　갈매기 울음소리 맘이 설레어
　　다 못 찬 굴 바구니 머리에 이고
　　엄마는 모랫길을 달려옵니다.

다들,
언제 불렀던 노래였는지, 얼마나 오랜만에 불러보는 노래인지.
우리가 이런 노래를 불렀던 적도 있었던가? 하는 표정으로 물끄

러미 서로의 얼굴을 바라보는 눈가에 그리움이 흘렀다. 죽죽 금이 간 굴 껍데기처럼 이미 세월이 팍팍 묻어나는 우리는 〈섬집 아기〉로 자취도 없이, 사라져버린 시절을 떠올리고 있었다.

다들, 그 시절처럼, 이 시절도 곧 가뭇없이 사라진다는 것을 새기고 있는지도 몰랐다.

"물 온다, 물 온다."

막 커피를 마시던 우리 발밑으로 순식간에 물이 밀려왔다. 커다란 여객선이 지나가면서 일으킨 물결이었다. 후다닥, 저마다 커피를 들고 낮은 바위 쪽으로 기어올랐다. 따개비처럼 바위에 따닥따닥 붙은 굴 따는 아낙들의 머리 위로 갯내음 물씬한 바닷바람이 한 줄기 지나갔다.

마주 보고 웃어대는 친구들의 눈길이 정겨운, 〈귀산리〉 바닷가의 하루였다. (2014)

동해남부선

오른쪽으로 바다를 끼고 달맞이고개를 달리던 동해남부선 철길이 송정역에서 끊어진 옛 철길이 되었다. 동해남부선 철길은 이제 신시가지 외곽에 앉은 새로운 해운대역을 지나 기장역으로 바로 빠져든다.

집에서 20분 거리에 있는 동해남부선 옛 철길은 내가 자주 걷는 길이다. 아무 생각 없이, 또는 뭔가 생각해야 할 때, 걷기엔 그만한 길도 잘 없다.

예전, 철길이 끊어지기 전까지는 와우산 달맞이고개를 걷다가 가끔 송정역을 향해 달리는 동해남부선 완행열차를 보곤 했다. 제법 높다랗던 달맞이고개 위에서 바라보던 동해남부선 완행열

차가 달리는 풍경은 낭만적이었다.

세월이 흘러, 이제 그 철길은 언제고 걷고 싶을 때, 시나브로 걸을 수 있게 되었다. 끊어진 동해남부선 철길을 따라 마음의 풍경을 좇아가다 보면 동해남부선 그 너머에 걸려있는, 내 청춘의 초상을 불현듯 만나기도 한다.

어디 나쁜이기만 할까. 35년 전, 청춘의 한복판이었던 젊은 우리는 동해남부선 기차를 타고 어디든 가기를 좋아했다. 〈동해남부선〉을 탄다는 것만으로도 어쩐지 날개를 달고 세상 끝까지 날아가는 듯한 기분을 느끼던 시절이었다. 남녀 대학생들이 봉사활동을 떠나거나 미팅을 할 때, 아니면 연인끼리 당일로 호젓한 곳으로 여행을 갈 때도 해운대역은 만남의 장소였다. 잘 닦이지 않았던 길 때문인지 해운대역까지도 멀다 하던 친구들이 있었다.

덜컹덜컹 달리던 열차의 오른쪽으로 펼쳐지는 새파란 바다와 왼편의 무성한 숲들. 그 순간 터져 나오던 노래가 〈고래사냥〉이었다. 〈고래사냥〉은 청춘들의 절절한 아픔과 방랑을 위로해 주었던, 그 시절의 청춘가였다.

우리는 기장, 일광, 월내를 지나 가까이는 좌천에 내리기도 했고, 멀게는 경주로, 더 멀리로는 우리나라 지도상의, 토끼 꼬리인 경북 영덕까지도 가곤 했다. 그때, 그 동해남부선을 타고 청춘을 함께 보냈던 남녀 친구들 중, 연인도 더러 있었지만 지나고 보니

다들 첫사랑, 옛사랑이 되어 있었다.

　해운대에서 송정까지는 제법 먼 길이었다. 서울서 학교에 다니던 그와 나는 방학이면 그 먼 길을 걷곤 했다. 기차를 타고 서울과 부산을 오가며 그가 다니던 대학의 캠퍼스 나무 아래 앉았다가 밤 기차로 돌아오곤 했었다. 해운대에서 송정까지 걸어갔던 그 길은 아마도 꿈결 같았을 것이다. 그는 짧은 인생을 살다가 갔다.

　그 먼 길도 금방이었던, 아지랑이 같은 청춘의 한 페이지다.

　동해남부선 옛 철길을 추억의 장소로 조성해 새로운 명소로 만든다고 한다. 가만두어도 사랑과 추억이 묻어나는 철길이 부디, 호들갑스럽지 않은 〈희미한 옛사랑의 그림자〉 같은 호젓함이 살아있는 길이 되었으면 좋겠다.　(2014)

그녀들의 걷기

한 가지의 꽃도 형형색색 저마다 다르듯, 집집이 형제들도 생김이며 성격이 제각각이다. 우리 자매들 역시 그렇다. 큰언니가 차분하여 이성적이라면 작은언니는 활동적이며 정의파이다. 어머니는 생전에 작은 언니가 남자였더라면, 하고 입버릇처럼 말씀하셨다. 아버지가 일찍 돌아가시고 여자 속에서 자란 남동생은 소극적이지만 자전거를 타고 지리산을 오갔고, 막냇동생은 재주가 많고 손끝이 야물었다. 셋째딸인 나는 중간에 끼어 딱히 잘하는 게 없었다.

세월이 흘러 우리도 예전의 어머니 나이가 되었다. 자식들 모두 가정을 이루고 집안일에도 웬만큼 자유로워졌을 때쯤, 작은언니가 안건을 냈다. 나이 들어가는 자매들끼리 뭔가 함께 즐길 수 있는 일을 찾자는 것이었다. 제각기 좋아하고 잘하는 게 달라서 어려울 거라 생각했다. 그런데, 이것저것 논의되는 것 없이 단번에 결정된 놀이가 걷기였다. 국내든 해외든 여행도 가능하면 많이 걸을 수 있는 쪽을 택했다. 우리들의 마음을 뛰게 하는 걷기놀이였다.

외국여행은 누구든 많이 걷기 마련이었지만 제아무리 걸어도 자매들은 거뜬했다. 여행의 특성상 외국에서의 걷기는 우리 맘에 찰 수 없었다. 수행과 걷기를 한 달쯤 하는 칠레의 산티아고 정도라야 다들 흡족할 수 있을 듯했다.

큰언니는 환갑 기념으로 미사리 조정 코스를 완주할 만큼 몸이 단단했고 무용을 했던 작은언니는 무거운 아코디언을 지금도 부지런히 켜고 있었다. 넓은 아파트도 손만 닿으면 윤이 나는 살림꾼인 막냇동생에 비해 내가 좋아하고 잘하는 거라곤 겨우 책 읽고 음악 듣고 남의 말, 잘 들어주는, 누구나 눈 감고 할 수 있는 것뿐이었다. 그렇지만 걷기에서만은 내가 뒤처지는 일은 없었다.

걷기는 오직 우리만의 것이었다. 걷기 열풍으로 많은 산악회나 트레킹 동호회가 있었지만 우리는 합류하는 지점까지 각자 와서 함께 이동했다. 가끔은 트레킹 행사를 만나 단체 속에서 심심찮게 걷기도 했다.

우리들의 걷기는 해를 거듭할수록 나날이, 실력이 늘어났다.

'빠르게 혹은 느리게'

온갖 이야기가 쏟아지기도 하고 아무런 말이 없기도 했다. 그 옛날, 다 같이 좋아했던 가수 이장희가 살고 있었던 울릉도의 구석구석, 신사임당이 강릉에서 서울 갈 때, 율곡과 함께 넘었다는 힘든 바우길이며, 선자령 풍차길, 지리산 둘레길 코스마다의 옛길과 고갯길과 논둑길들.

정동진 바닷가 언덕길 하며 비 내리던 경포대길. 4월, 청산도의 끝없는 보리밭길과 조령산 마루를 넘어가던 길고 긴 아름다운 과거길. 눈 내리거나 꽃피던 제주올레길. 올 5월의 걷기는 환갑을 맞은 작은언니가 제주도의 우도 올레길을 스쿠터나 자전거를 타고 돌자고 일찌감치 말해놓았다. 그런가 하면 걷기의 가장 가까운 코스는 우리 집에서 출발해 달맞이길 넘어 동백섬까지 가는 길이다. 우리는 동백섬을 열 바퀴 돌고 나서, 해운대시장 입구, 헌혈의 집에서 단체 헌혈하는 코스도 만들었다.

걸어봤자 일 년에 두어 차례. 앞으로 얼마나 더 함께 걸을 수 있을지 알 수 없다. 그렇더라도 우리는 무엇보다 걷기를 제일 우선순위에 두기로 약속했다. 건강이 허락하는 한, 멀게, 혹은 가깝게, 나란히 걷기로 했다. 타박타박 걷다 보면, 길은 긴 삶을 살아가는 우리에게 자기 회복의 힘과 격려를 줄 것이고, 우리의 걸음

또한 새털처럼 가벼워질 것이다.

우리는 가을에 걸을 코스로 영양의 외씨버선길을 점찍어 두고
있다. (2014)

마음의 길을 따라가면

한동네에 살면서 가깝게 지내는 선생님이 계신다. 올해 초, 선생님은 아무래도 윤과 이별을 해야겠다고 하셨다. 윤은, 선생님이 소속된 문학단체에서 시 창작 수업을 받은 후, 선생님을 따르던 중학교 1학년이었던, 지금은 고2인 남학생이다.

처음엔 선생님도 또래에 비해 영민하면서도 따뜻한 윤의 성품에 마음을 내셨다. 윤은 메일과 전화로 수시로 선생님을 찾았고, 나중에는 윤의 부모까지 다정하게 다가왔다. 시간이 흐르면서 선생님은 차츰 부담을 느꼈다. 몇 번, 연락을 그만하자는 언질을 주었지만, 윤은 조심스레 또 선생님을 찾곤 했다.

60년, 그 까마득한 세월을 넘어, 어린 소년은 아마도 선생님이 자신의 멘토로 계셔주실 원한 것 같았다. 그러던 지난해, 윤의 집이 함양으로 이사를 했다. 부모님이 귀촌을 결정했기 때문이다. 함양으로 간 뒤에도 윤은 메일로, 부모님은 전화로 안부를 묻곤 했다. 고2인 윤은 코앞에 닥친 진학 문제를 의논해 왔다. 선생님은 꼭 다녀가시라는 얘기를 몇 번 듣고도 대답만 하셨다. 선생님은 인연을 이어가다 보면 머잖아 어린 소년에게 죽음이란 삶의 끝만을 보여줄 뿐인데, 한창 꿈꾸는 나이에 그런 슬픔을 미리부터 겪게 할 건 없다는 생각을 하셨다.

선생님은 마음을 주고받는 사람과의 완전한 이별이 얼마나 아픈지 잘 아셨다. 단호하게 말씀하시는 선생님의 눈빛이 잠깐 아련했다. 나는 그 가족의 마음을 헤아려 그리움을 한 번 풀고 난 뒤 잊어버리면 어떻겠냐고 말씀을 드렸다. 그게 윤의 마음에 대한 예의라는 생각에서였다.

함양에 간 건 성급한 꽃이 막 필 무렵이었다. 학교에서 보충수업을 하다말고 윤은 선생님을 만나러 근처 상림공원으로 왔다.

세상에, 연인도 그런 연인이 없었다. 윤은 백발에 지팡이를 짚은 선생님 옆에 바짝 붙어 선생님의 눈을 바라보며 어떤 틈도 두지 않았다. 첫눈에 감성이 풍부한 반듯한 소년이란 인상을 받았다. 영어 성적을 올리는 방법으로 음악을 듣는다며 이어폰을 끼워 엠피스리에 녹음된 팝송을 들려주기도 하고, 도시와 다른 시골 학교의 정서를 신이 나서 얘기했다.

몇 시간 후, 헤어질 시간이 되었다. 아쉬움에 함께 함양고교를 둘러보고 윤은 교실로 들어갔다.

다음날은 이른 봄비가 내렸다. 일찍 숙소로 찾아온 윤의 부모는 우리를 과수원으로 데리고 갔다. 윤의 가족이 귀촌하게 된 건 서울의 대학에서 문창과를 졸업한 뒤, 농사를 짓고 있는 여동생 부부가 있어서라고 했다. 나는 학교 이름을 듣고 문득 이들 부부에게 Y의 소식을 한 번 물어볼까, 싶었다.

Y는, 만날 길이 막연해 늘 내 맘속에 있는 남모를 그리움이었다.

과수원은 마을의 제일 높은 곳에 있었다. 정성을 들여 가꾸어진 과수원은 단정했다. 여름이 막바지에 닿을 즈음이면 잘 익은 사과들이 주렁주렁 열릴 상상을 하니 절로 웃음이 돌았다. 과수원을 한 바퀴 돌아본 뒤, 나는 제일 늦게 일행이 있는 황토방으로 가는 나무 계단을 올랐다.

"어서 올라오세요."

안주인인지 머리를 길게 묶은 한 아낙이 계단 위에서 말했다. 나는 기다리고 있는 여자에게 미안해서 얼른 계단을 밟았다. 그때였다.

"언니, 언니 아니에요?"

계단을 다 오르기도 전에 아낙이 소리를 쳤다. 이 깊은 산골에서 누가 나를 알까?

무심하게 여자를 쳐다보았다.

"언니, 나 모르겠어요?"

"Y니?"

나는 제대로 얼굴을 보지도 않고, 이 외딴 산속에서 언니라며 나를 부를 사람은 Y뿐인데 싶어 엉겁결에 여자에게 물었다.

"네, 저예요, 언니."

가만 보니 Y가 맞았다. 동글동글한 얼굴이며 귀염성스런 목소리에 눈이 맑았던 Y가 분명했다. Y와 나는 그 자리에서 안고 눈물을 흘렸다. 어쩜, 그 낯선 곳, 깊은 산골에서 이십 년 동안 소식을 알 수 없었던, 보고 싶었던 Y를 눈앞에서 만나다니, 인생은 그래서 아름다운가도 싶었다. 황토방에서 바깥을 내다보던 일행도 덩달아 울고들 있었다.

농부가 된, 가녀리고 연약하던 스무 살 시절의 문학도 Y는, 자신이 수확해 만든 곶감과 차를 내왔다. 차를 마시면서도 Y와 나는 서로를 바라보며 잡은 손을 놓지 않았다. 마치 선생님과 윤이 그랬던 것처럼.

이십 년, 회포를 남긴 채 돌아오는 길, Y는 일행들에게 사과 주스와 곶감을 한 상자씩 안겨 주었다.

　마음에 담아두고, 그 마음의 길을 따라가다 보면, 꿈결처럼, 눈앞에서 딱 그리운 사람을 만나기도 하는 삶의 선물. 사는 동안 그리움을 간직하는 것이 실없지만은 않았던 봄날이었다. (2013)

그들의 발자국

　하산 길. 설산의 중심부에 폭설이 쏟아졌다. 천지가 하얗다.
눈바람을 동반한 사정없는 폭설은 일행을 산에서 완전히 고립시
켰다. 아홉 명이 손과 손을 길게 이어서 놓치지 않기 위해 안간힘
을 썼다. 눈은 허벅지까지 금방 차올라서 한 발 한 발 옮기려면
용을 써야 했다. 눈眼물과 눈雪물은 몸에 고드름을 만들었다. 나
는 참담한 기분이 되어 마음까지도 얼어붙었다. 산 아래로 내려
가기는 쉽지 않을 듯했다. 사방을 둘러보니 가없는 설원에 우리
만 버려져 있었다. 눈은 바람을 따라 공중으로 하얗게 퍼졌다. 사
방이 하나도 보이지 않았다. '화이트아웃'이었다.

　일행은 눈보라를 피해 바위 밑에 몸을 숨겼다. 세찬 눈발은 바
위에 부딪히고는 나아갈 곳이 없자 날아온 속도만큼 세차게 돌

아나가며 몸을 피하는 일행을 강타했다. 눈雪에 눈眼이 부셔 눈을 뜰 수가 없었다. 고글이 무색했다. 나 때문에 시간을 지체할 순 없었기 때문에 나는 되도록 용감한 척했다.

푹푹 눈길을 파헤쳐 가며 걷다 보니 춥다 못해 몸이 아파왔다. 모자챙에 얼어붙은 눈 고드름, 상의와 하의에 성에처럼 달라붙은 눈가루. 일행은 차츰 속도가 떨어지기 시작했다. 펑펑 내리는 눈은 멎질 않았다. 갈수록 세지는 눈발은 마침내 바로 앞사람의 발자국조차도 덮어버렸다.

코앞의 사람 흔적이 사라지는 거. 히말라야의 눈은 소문대로였다. 앞사람의 발자국을 따라가면 그나마 수월한데 앞 뒤 사람의 간격이 점점 멀어졌다.

문제는 나였다. 로빈이 내 뒤에 바짝 붙었기 때문에 제일 선두의 사람이 길을 찾기가 어려웠다. 하산이라 해도 눈이 쌓인 길은 잘못 빠져들기 십상이었다. 나는 로빈에게 쫓아갈 테니 앞장서서 길을 찾으라고 했지만 로빈은 뒤처지는 게 위험하다고 했다. 앞 뒤 사람을 놓치지 않기 위해 사람들은 중간 중간 확인을 하며 걸었다. 몇 걸음 뒤의 사람이 보이지 않으면 기다렸다가 걸음을 뗐다.

날은 이미 어두워올 기미를 보였다. 참으로 난감한 설원이었다.

"여기에요, 여기에요"

그때 저 아래에서 외치는 소리가 들렸다. 사람은 보이지 않았다. 일행은 누군가의 외침을 듣고 내가 선두에 오도록 기다려 가며 조금씩 발걸음을 옮겼다.

"여기로 오세요. 여기에요"

소리가 점점 가까이 들렸다. 포터들이었다. 마차푸차레에서 눈이 내리기 전, 무거운 등짐을 지고 먼저 하산을 한 어린 포터들이 우리를 기다리고 있었다. 그들은 낡은 슬리퍼를 신고 얇은 겉옷을 입은 채 눈 속에 서 있었다.

그들은 우리를 발견하고 화들짝 웃었다. 그들은 가능하면 천천히 걸었지만 쌓이는 눈 때문에 발자국이 지워지자 일행을 기다리고 있었던 것이었다.

"저희 발자국을 따라서 한 걸음씩 오세요."

"우리 짐이 무거워서 푹푹 빠져요. 그 위로 오세요."

어린 포터들은 커다란 트레킹 팩을 잇댄 이마 띠를 두르고 앞장서서 걸어갔다. 작은 체구들이지만 워낙에 큰 짐을 진 하중 때문인지 눈밭이 깊게 파였다. 예닐곱 명의 포터들은 우리 앞에서 빠르지 않게 천천히 걸어갔고 그 걸음이 편한 길을 내주었다.

장난기 많은 아주 여윈 카이는 눈 속에서 춤추듯이 발을 좌우로 비비대며 되도록 큰 발자국을 내주었다. 갑자기 내리는 폭설에 뒤에 오는 우리가 염려되어 오랜 시간 눈 위에서 기다리고 섰던 얇은 옷을 걸친 어린 포터들. 그들의 웃음에 나는 눈물이 날 것만

같았다. 그들은 얼마나 오래 기다렸던 것일까. 그들의 날쌘 걸음
대로라면 벌써 다음 롯지까지는 도착하고도 남을 시간이었다.

한 어린 포터는 괜찮다고 해도 덥석 내 배낭을 벗겨 자신의 무
거운 짐 위에 묶었다.

"마담, 천천히 따라오세요."

포터가 앞장을 섰다. 뒤에서 보면 아예 포터의 모습은 짐에 가
려져 보이질 않았다. 그냥 눈 위에 짐이 혼자 걸어가는 듯했다.
저들이 히말라얀이기는 해도 너무도 어렸기에 나는 머리 위의 눈
발 하나 감당하지 못하는 게 부끄럽기도 했다.

"괜찮아요. 히말라야에서 나고 자라지 않았다면 이런 일거리도
없어서 가족들을 먹여 살리지도 못했을 거예요."

로빈이 내 표정을 읽었는지 말을 건넸다. 배낭을 벗자 걸음이
조금 가벼워진 나는 여유가 생겨 로빈에게 좋아하는 사람이 있느
냐고 물어보았다. 로빈이 걸음을 멈추고 나를 바라보더니 하늘을
한 번 쳐다보았다.

"좋아하는 사람이… 있었어요. 그런데 내가 하는 일이 싫다고
갔…어요. 하지만 나는 이 일이 좋아요. 나중에 카트만두에 여행
사를 차릴 생각으로 열심히 하고 있어요."

얼굴이 굳어지는가 싶더니 로빈은 이내 웃어 보였다. 트레킹 코
스에 따라 안나푸르나를 오르는 횟수는 다르지만 한 달에 두 번

만 오르면 몇 년 만에 여행사를 차릴 수 있다는 로빈. 나는 앞줄에서 짐을 메고 가는 포터들이 로빈처럼 트레킹 가이드가 되는 게 꿈이라고 했던 말이 떠올랐다.

꿈을 이루기 위해서 소년 포터들은 무거운 등짐을 진 채 얼마나 오래 히말라야의 설원에 앞장을 서서 발자국을 남겨야 할까?

무거운 짐을 지고도 경쾌하게 걸어가는 어린 히말라얀들. 나는 눈보라가 덮기 전에 그들의 발자국을 부지런히 따라 걸었다.

(2010)

내 마음의 풍등

o
o
o

"아이구, 그런 말 마시랑께요. 꽃이야
좋다만 저놈의 풀만 보면 참말로 심란
하요잉. 요 놈 뽑으면 등 뒤쪽에 풀,
뒤짝 풀 뽑으면 가슴팍에 풀,
아이고 무담시 자라가지고설랑
심란하게스리."

o
o
o
o
o
o

내 마음의 풍등

대한문 광장과 역사박물관에서 추모는 올렸지만 견딜 수가 없어서 내려왔다는 대학 졸업반인 아들과 봉하에 도착한 건 해 질 무렵이었다. 마을에 들어가면 저녁밥을 해결하기 어려울 거라 여기고 작은 슈퍼에 들어갔다. 빵과 우유가 이미 떨어진 끝이라 달랑 두 개 남은 삼각김밥과 사이다를 샀다. 톨게이트를 지난 지 얼마 안 되었는데 길이 막히기 시작했다.

오랜 시간을 길 위에서 보내다가 도로가 통제되는 지점, 어딘지 모를 마을 뒷길을 구불구불 돌아 차를 세웠다. 시골 구석구석마다 차들이 빼곡했다. 10분이나 걸었을까? 마을은 사람들로 꽉 찼지만 마치 그림자들이 지나가는 듯 거리는 조용조용했다. 사람을 많이 태워서 터질 듯한 버스에서 내리는 이들도 가만가만하여 잡음이 없었다.

"생수 받아가이소. 가는 길이 멀고 몇 시간 기다려야 조문합니더."

임시 버스 종점 앞, 검은 리본을 단 청년봉사자의 목소리조차 공허하게 들렸다. 오월의 들녘에 검은 만장이 나풀거렸다. 오른쪽으로 만장을 끼고 걷는 내 마음은 막막했다. 오월 봄바람이 모래바람이 되어 사방 들녘에 흩어졌다.

검은 깃발의 행렬로 인해 슬픈 오월 들녘. 진영 지게차 협회, 봉화마을 부녀자 일동, 두리발 택시 기사 협회.…… 만장을 내건 단체의 이름들은 흙 냄새, 땀 냄새가 났다.

나는 낮은 논 둔덕에 앉았다. 가까운 어디쯤에서 무지막지한 황소개구리 울음소리가 들리고 그 울음 끝에 토종 개구리들의 낮은 울음이 힘없이 묻혀왔다. 황소개구리의 위협 속에서도 용케 제 태어난 땅을 지키고 있는 작은 개구리들이 유정하다 못해 애처로웠다.

살아오면서 헤어진 많은 사람이 있었다. 그런데 내가 겪은 이별을 총망라해도 눈부신 오월의 이 이별만큼 구체적이고 선명한 아픔을 안겼던 헤어짐은 없었던 듯했다.

돌이켜 보니 그는 처음부터 감이 좋았던 사람이었다. 정치적 지향이나 가치관을 떠나 순전히 그가 풍기는 느낌이 그랬다. 물론 삶의 철학과 무구한 이념이 그의 면면을 만들었겠지만 말이다.

한 남자가 바로 아래 농수로 옆에서 노래를 불렀다. 나는 귀를 기울여 보았다.

부용산 산허리에 잔디만 푸르러 푸르러
솔밭 사이사이로 회오리 바람 타고
간다는 말 한마디 없이 너는 가고 말았구나

　띄엄띄엄 이어지는 가사를 들어보니 생전에 그가 좋아했던 노래였다. 남자의 한 소절 한 소절은 서러웠다. 그러다가 남자는 마지막엔 아예 소리를 친다.

부용산 봉우리에 하늘만 푸르러 푸르러

　그가 부용산을 좋아했다는 것을 아는 걸 보면 어지간히 깊은 사랑을 지녔던 사람이었구나, 생각하면서 나도 남자를 따라 속으로 노래를 불렀다.

백합일시 향기롭던 너의 꿈은 간데없고
돌아서지 못한 채 너만 홀로 예 섰구나
부용산 저 멀리에 하늘만 푸르러

남자의 노래는 오월의 밤, 봉하 들판을 떠돌았다.

  사람들은 오뉴월 들판에 메뚜기 모여들 듯, 끝없이 밀려들었고 몇 시간씩 줄을 서 있는 행렬에서 팔도의 온갖 사투리가 튀어나와 섞였다. 늙수그레한 어른들은 너나없이 이야기를 풀어 놓고 젊은 층은 주로 듣는 편이었다. 아이를 업거나 유모차에 태운 젊은 부부들은 임시분향소로 안내되었지만 줄에서 빠져나가는 사람은 없었다. 몇 시간 기다린 끝의 몇 초 조문이라 해도 밤길 위에서 묵묵 기다리기만 할 뿐이었다. 봄밤의 맑은 별이 사람들의 머리 위에서 빛나는 것도 어쩐지 눈물겨운 시간이었다.

  두 시간이나 흘렀을까? 조문을 마치고 나오는 사람들의 손에 들린 촛불이 어두운 시골 길을 밝히기 시작했다. 길 한편의 반석 위에 떠나는 사람들이 밝혀 놓고 간 촛불이 봉하의 들길을 비추었다.

  "우리는 내일 아침 밤새도록 떨어진 초 똥을 다 닦을 기라예. 그래야 다음 사람이 또 촛불을 밝힐 수 있는 기라예."

  초 똥을 닦으며 조문행렬을 정리하는 봉사자가 말했다. 돌아가는 조문객들은 노란 풍선을 밤하늘로 날리기도 하고, 달고 있던 검은 리본을 만장에 꽂기도 하고 나 몰라라, 언덕에 앉아있기도 했다.

밤 11시, 도착한 지 네 시간이 지나 아들과 나는 국화꽃 한 송이를 받아들고 조문의 맨 앞줄에 섰다. 분향소 앞의 너덜너덜해진 바닥 카페트 교체가 끝난 뒤, 한 줄에 10명씩 다섯 줄로 이루어진 분향대열에 끼여 '편히 가세요.' 나는 마음의 인사를 했다.

조문을 마친 대부분의 사람은 돌아가는 것을 잊은 채 분향소 주변을 서성거렸다. 외로운 모습들이었다. 차마 보내지 못하는 심경들을 안고 사람들은 삼삼오오 둘러앉아 그가 보여주었던 희망을 그리워했다. 먼 여정에 곯아떨어진 사람. 천막 속에 아무렇게 앉아 등을 대고 어깨를 기댄 사람들. 어둠 속 부엉이바위를 올려다보고 선 사람들, 어디고 마음을 붙이지 못해 불원천리 달려온 민중들은 한결같이 말이 없었다.

자정, 조문객들이 모두 스크린 앞에 모여 앉았다. 그의 생전 모습이 영상 속에 나타났고 사람들은 일제히 노래를 불렀다. 그의 육신이 재가 되고 영혼은 새가 되는 날, 전국의 분향소에서 동시에 상록수가 터져 나왔다. 사람들은 짓물러진 울분을 노래로 토해냈다.

'임을 위한 행진곡'에 이어 '타는 목마름으로', '광야에서', '아침이슬' 차례로 노래가 끝나자 사람들은 밤하늘을 올려보며 가슴이 터지라고 외쳐댔다.

"보고 싶습니다."

"사랑합니다."

"행복했습니다."

"편히 가세요."

　간절한 외침은 봄밤, 하늘 멀리 흩어졌다.

마침내는 엉엉 소리 내 우는 사람들과 사람들. 그를 향한 절절한 그리움이 터져나던 순간, 이 못 말리는 열애를 알면서도 자신을, 국민을 버려도 되는 것인지 따져 보고 싶다며 아들은 고개를 떨어뜨렸다. 세상을 등짐으로써. 영원한 희망의 풍등이 되어버린 그에게 바치는 한 청년의 사랑 고백을 노무현, 그에게 들려주고 싶은 봉하의 봄밤은 깊어만 갔다. (2009)

매지리 단상

매지리의 아침, 새들의 노래에 잠이 깹니다. 가만히 들어보니 새들의 지저귐은 어긋남이 없습니다. 휘이이휙 후이훗, 목소리의 높낮이와 음절의 길고 짧음, 소절 사이의 간격이 한결같아 신기하기만 합니다.

창을 열고 내다보다가 나는 문화관 옆 남새밭에 눈길을 멈춥니다. 흰 수건을 덮어쓴 박경리 선생님께서 텃밭에 계십니다. 손수 가꾸신 채소들로 이 곳 문화관에 묵은 작가들의 밥반찬을 올려 주신다더니 그 때문에 햇살 뜨거워지기 전 서둘러 나오셨나 봅니다. 밭을 매다 말고 허리를 쭉 펴는 선생님 옆으로 오봉산이 길게 누웠습니다. 선생님을 보고 있으니 어쩐지 풀 같은 마음이 됩니다. 몸 속에 물만 가득한 풀 말입니다. '매지리의 힘은 박경리 선생님이구나' 생각하며 벌써 석달째 여기 밥을 먹는 선배와 함께 산책에 나섭니다.

매지리 밭 둔덕에는 노란 애기똥풀이 참 많습니다. 저수지 내려가는 오른편 길엔 함박꽃, 초롱꽃이 피었고 개살구도 달랑거립니다. 책에서만 보았던 명자꽃을 선배가 가르쳐 줍니다. 문화관에서 숙식 중인 소설가와 산책 나왔다가 알게 되었다고 합니다. 하도 고와서 담박 알아볼 수 있는 기생꽃도 한창 아양을 떱니다.

이른 시각부터 낚싯대를 드리고 물가에 늘어지게 누운 한 남자의 망중한을 슬쩍 넘어다봅니다. 남자의 얼굴을 덮은 크고 둥근 모자 위로 개구리 한 마리가 풀쩍 뛰어다닙니다만 그는 기척이 없습니다.

선배와 나는 어제 올랐던 산 쪽이 아닌 왼편 개울 쪽으로 들어섰습니다. 겉모양이 현대식인 단층집 앞 콩밭에 키 작은 할머니가 하릴없이 앉아 있어 인사를 건네 보았습니다. 할머니는 시력을 거의 잃어서 사람을 제대로 알아보지 못한다고 합니다. 밭일이나 집안일은 평생 하던 것들이라서 손 느낌으로 한다고 쓸쓸히 웃어 보입니다. 그나마 도시의 자식들이 자주 찾아와 외로움은 덜어 준다니 다행이었습니다. 토지 문화관 바로 앞의 넓은 밭들이 모두 할머니네 땅이라고 합니다. 어린 아이 키만큼 자라 있던 옥수수가 곧 알이 여물면 할머니는 또 자식과 손자들을 만날 거라고 기쁨을 드러내 보입니다. 조금 더 놀다 가라는 할머니를 뿌리칠 수 없어서 잠깐 더 머물렀다가 다시 걸었습니다. 할머니네 울타리 아래 으아리가 하얗게 무리를 지었습니다.

길을 오르다 약초를 캐러 가는 모르는 사람들과 아는 체하고 지나치는 것도 산의 인심입니다. 선배와 나는 까맣게 익은 오디를 따서 개구쟁이들처럼 아구아구 먹다가 그 곁의 산딸기도 잽싸게 먹습니다. 푸르딩딩한 입을 보고 우리는 마주 보며 웃습니다. 이게 청술레야, 선배는 큰 나무를 올려다봅니다. 청술레는 우리 동인의 명칭이기도 해서 덩달아 한참 쳐다보고 만져보았습니다. 머잖아 푸르른 배가 조롱조롱 달리면 나그네의 뱃속을 채워줄 고마운 나무입니다.

산길을 가면서 사전적 의미였던 것들을 몸소 익혀보는 맛은 참 신선합니다. 얼마 안 가서 벚나무 아래에서 맨손 체조를 하는 문화관 하숙생을 만났습니다. 선배와 그는 인사를 나눕니다. 〈아름다운 시절〉이란 영화를 만들었던 이광모 감독인데 내년에 개봉할 작품을 구상하는 중이라고 합니다. 느낌이 좋은 사람이었습니다. 돌아보니 그는 또다시 허리를 굽혔다 펴는 동작을 계속합니다. 어쩐지 그가 허수아비처럼 보입니다.

그런가 봅니다. 자신이 좋아하는 길을 가기 위해 기나긴 외로움과 싸우는 일은 어쩌면 내밀한 행복일지도 모릅니다. 사실 식사

시간과 가끔 있는 산책 때 옆방 사람들을 대하는 것 말고 방에만 틀어박혀 몇 달 동안 혼자 작업을 한다는 건 어려운 일이라 여깁니다.

산으로 오르지 않고 다리 건너편 집들이 대여섯 채 붙은 곳으로 발길을 돌립니다. 이 길은 얼마 전 아카시아 향기가 어지러웠다고 합니다. 드문드문 긴 밤꽃이 나뭇잎 위에 늘어졌습니다. 우리는 다리 난간에 몸을 기댄 채 초여름의 은성한 숲 향기에 젖어듭니다. 새들은 쉽사리 표현할 수 없는 소리를 내며 오봉산을 넘나듭니다.

고요하면서도 적막한 매지리의 아침, 선배와 나는 삶은 달걀과 연자죽으로 아침을 때웁니다. 문화관 가족들은 평일에는 빵과 우유로 가볍게 아침을 먹고 점심과 저녁 두 끼를 먹는다고 합니다. 경기도나 서울에 사는 대부분의 작가가 집으로 돌아가는 주말에는 식사 제공이 되지 않아, 남은 사람들은 숭늉과 컵라면 냉동된 떡을 녹여 밥을 대신하기도 합니다. 적당히 비어 있는 뱃속이 아무래도 작업을 하는 데 도움이 되리라 생각합니다.

커피를 한 잔 들고 복도 쪽 창 옆에 놓인 둥근 차탁에 앉았을 때였습니다. 야외 공연장 숲에 나비들이 떼 춤을 추고 있었습니다. 흰나비들 속에 검은 나비도 간간이 섞였습니다. 아주 작고 여린 나비들의 군무에 나는 그만 마음을 빼앗겼습니다. 혼자 추는 춤보다 나비들의 떼 춤은 어쩐지 거룩하고 아름다워 보였습니다.

그러고 보니 매지리에는 참 많은 것들이 있습니다. 밝은 하늘, 맑은 산, 숱한 꽃, 온갖 새들과 어진 사람들, 참 선배 말로는 미친 사람도 세 명이나 있다고 합니다. 그들 중 한 처녀는 공부를 너무 많이 하다가 그만 머리가 돌았다고 합니다. 매지리의 순한 자연들이 그녀를 온전하게 했으면 좋겠습니다.

토지문화관을 떠나올 때, 2층 본관 건물에서 숙소로 이어지는 다리 중간에서 박경리 선생님을 만났습니다. 연한 붉은색의 통원피스 차림인 선생님은 촬영을 나온 독일의 방송팀에게 문화관의 요모조모를 소개하시는 중이었습니다.

순간 가까이서 뵙는 그분의 모습이 어찌 그리 환한지요. 원래가 인물이 좋은 분이었지만 여든에도 그리 환할 수 있다는 거 처음 알았습니다. 이태 전 하동의 최 참판 댁에서 뵐 때는 사진까지 찍었었는데 어두워서 몰랐었나 봅니다. 여든에도 환하고 아름다울 수 있는 거 어떻게 설명을 해야 할까요?

혼신을 바친 작품으로 인해 진을 죄다 뺏을 텐데도 저리 환할 수 있는 건, 당신의 길을 치열하게 걸어온 까닭이리라 짐작을 해봅니다. 선생님처럼 삶의 기준과 가치를 자신의 내부에서만 찾을 수 있다면 좋겠습니다.

　유난히도 잦은 오봉산 기슭의 뻐꾸기 울음을 뒤로하고 한적한 산길을 걸어 내려옵니다. 아침나절에 보았던 흰나비 떼는 길섶에도 지천입니다. 선배는 저만치 언덕에서 일시에 날아오른 나비들처럼 손을 흔듭니다.

　유정한 매지리 산골이 꿈을 좇는 사람들에게 힘이 되리라 여기며 나는 버스 정류장까지 먼 길을 타박타박 걷습니다. 가다가 혹여 지나가는 차라도 있으면 손을 들어볼까 싶습니다.

　초여름 햇살이 제법 따갑습니다. (2005)

낭만의 힘

1

약속 시각인 오후 5시보다 한 시간 앞당겨 집을 나섰다. 시청 앞에서 열린다는 새만금 갯벌 살리기 삼보일배 행사가 궁금했기 때문이었다. 지하도에 올라서자 사람들이 웅성대고 있었다.

불교 환경 연대, 새와 습지, 녹색 연합의 사람들, 학생과 일반시민들, 휠체어를 타거니 목발을 짚은 장애인들, 신부님과 수녀님이 여기저기 편한 대로 서 있거나 앉아 있었다. 4대 종단 성직자 문규현 신부와 수경 스님, 이희운 목사와 김경일 교무, 새만금 갯벌 연대가 전북 부안에서 두 달 동안 800리의 먼 길을 서울까지 삼보일배로 기도를 하며 걸었다. 그 고행의 뜻을 기려 전국적으로 5월 31일 오후 2시, 시청 앞에서 집결하여 다 함께 생명과 자연에의 경외심을 일깨우자는 동시다발적 행사였다. 선언문낭독이 끝나고 곧 삼보일배에 들어갔다.

무릎보호대와 흰 면장갑을 나누어 받은 사람들은 행렬의 맨 앞쪽에 서고, 나머지 사람들은 그 뒤에 줄을 맞추어 섰다. 이들의 가진 뜻에 비해 삼백이 채 되지 않는 작고 가난한 행진이라서 마음이 짠했다. 약간 떨어진 곳에서 관망만 하려던 처음의 생각을 바꾸어 나는 행렬의 맨 꽁무니에 섰다. 선두 행렬 후미에 선 남자가 세 번 북을 치면 세 번 걷고, 한 번 절하고, 변죽을 치면 다 함께 일어서고 해서 시청을 한 바퀴 도는 것이었다. 그러다 두두두두 연거푸 북을 치면 제자리에 퍼질고 앉아 잠깐 쉬었다.

초등학교 2학년이나 되었을까, 싶은 여자아이 다섯 명은 힘들지도 않은지 나풀나풀 나비처럼 잘도 폴딱거렸다. 쉬는 시간 물을 마시며 앞뒤를 살피던 목발의 여윈 남자와 눈길이 마주쳤다. 그가 먼저 웃어서 나도 따라 웃었다.

나는 꽁무니에서 세 번 걷고 한 번 허리 굽혀 절하면서 줄곧 생각했다. 숨가쁘게 돌아가는 현대 사회에서 이렇듯 사람들을 불러 모으는 근원은 무엇인가? 저마다 직장과 학교, 가정에서 할 일이 많은 사람이다. 어느 행사든 치러 내려면 사람들을 집결시킬 수 없어 주최 측에선 안달이고 몸 부조만 해도 하루 품삯을 주거나 받는 경우도 허다하다. 그런데 이들이 행하고 있는 수고와 금쪽같은 시간의 투자는 무엇을 바라는 것인가? 나는 문득 그것이 지극히 보편적이고도 상식적인 것을 그리워하는 낭만적 행동이라는 생각이 들었다.

1991년 정치와 권력의 정략적 국책 사업이 된 새만금 간척 사업으로 죽어가는 2만 2천의 어민들에게 삶의 터전을 되돌려, 강하구 갯벌 생태의 연간 생산력을 높이자는 드높은 목청.

그 많은 청정 백합을 살찌우고 국제적 철새인 도요, 물떼새를 멸종 위기에서 구하자는 것. 빌딩이든 풀밭이든 평등하게 내리쬐는 햇볕처럼 농부는 농사를 어부는 어업을 마음 놓고 생업에 종사하여 일한 만큼 살고 싶은 인문주의적 낭만. 그 작은 서정의 마음들이 물결을 이루어 결국은 이렇게 많은 군중이 거리를 헤매고 서성이는 것이지 싶었다. 얼마 되지 않는 시청을 한 바퀴 도는데 거의 2시간이 걸렸다.

너무 늦기는 했지만, 방관에 비하면 골백번 나을 것이라고 생각됐다.

2

시청 앞에서 빠져나와 늦은 볼일을 마치고 서면 로데오 거리를 막 지날 때였다. 나는 낮에 있었던 짧은 도보 순례 때문인지, 오래도록 잊히지 않는, 내게는 너무도 낭만적이었던 시위의 한 풍경이 생각났다.

젊은이들 사이에선 자본주의의 대명사가 된 서면 로데오 거리가 예전엔 〈천우장〉 앞으로 불리어졌다. -지금도 나이 든 사람들은 그렇게 부른다- 시위가 있었던 1987년 6월, 나는 딸아이를 데리고 〈천우장〉 뒤편에 살았던 친구의 친정에 놀러 갔었다. 당시 집권 정당이었던 민정당에 정당성과 도덕성, 양심을 요구하는 시위가 전국적으로 확산되던 때이라 도시가 술렁거렸다. 우리는 그래도 설마 데모가 일어나려나 긴가민가했다. 그런데 시간이 얼마나 지났을까?

5층에서 내려다본 거리엔 사람과 택시 자가용이 그야말로 빼곡했다. 문현 로터리에서부터 시위 행렬이 이어져 왔다. 믿기 어려운 건 인도엔 사람들, 차도엔 차들이 농성 태세를 취하면서도 어찌 그리 질서정연했는지 모른다. 한쪽엔 무장 경찰들이 도깨비처럼 방망이를 들고 운집해 있었다.

우린 아서라, 손사래를 치며 말리는 친구의 친정어머께 아이들을 부탁했다. 눈 밑에 치약을 바르면 최루탄이 터져도 눈이 덜 따갑다는 주워들은 소리를 생각하고 치약이란 치약은 다 챙겨 거리로 나갔다. -당시 친구의 친정은 여관을 했을 때이므로 방마다 치약을 모으니 꽤 되었다-

한낮의 뜨거운 열기에도 불구하고 거리에 늘어선 데모대는 수상할 만큼 침착했다. 시위는 택시와 자가용의 경적으로 시작되었다. 태평 태극기를 앞세우고 선두 택시의 지붕 위에 기사 한 분이 올랐다. 그 뒤로 차들이 사열 받듯이 종횡을 맞추어 줄을 섰다. 선두 택시는 서면 로터리를 향해 아주 천천히 움직였다. 택시 지붕 위의 기사 손 움직임을 따라 일제히 경적이 울리거나 멎거나 했다. 터번 비슷한 모자를 쓴 택시 기사는 움직이는 차의 꼭대기에서도 중심을 잘 잡고 이리저리 선두 지휘를 했다.

시민들은 박자를 맞추어 경적과 번갈아 구호를 외쳤다. 육탄 공격과 화염병, 물대포와 최루탄의 시위 현장이 아닌 평화의 시위였다. 그때 나는 사람이 사람일 수 있는 희망을 보았던 것 같았다. 요즘은 투쟁 문화가 많이 바뀌었지만, 그때만 해도 쉽지 않은 모습이었다. 서면 로터리까지 가는 동안-사람들이 많아 한발 움직이기도 힘들었다- 우린 요구르트와 빵을 사 제일 갓 쪽의 대학생들에게 건넸다. 주머니를 털어 요구르트값을 주며 격려해 준 시민들도 많았다.

시위는 금방 끝나지 않았다. 긴 여름 해가 떨어질 때쯤 군데군데 무장경찰의 최루탄 발포가 시작되었다. 사람들은 친구와 내가 건네준 치약을 서로의 눈 둘레에 발라 주었다. 사방에서 터지는 최루탄에 자지러질 듯 재채기를 하고 눈물을 흘리며 간신히 친구의 친정까지 왔을 때였다.

대학생으로 보이는 두 청년이 큰길에서 급하게 골목으로 뛰어

들며 우리를 쳐다보았다. 우리는 얼른 사태를 알아차려 청년들을 건물 안으로 들이고 셔터를 내렸다. 뒤이어 진압 경찰 몇 명이 골목 안의 가게들을 뒤졌지만, 그들은 셔터가 굳게 닫힌 친구의 친정을 지나쳤다. 그 순간을 우리는 밀사처럼 옥상 물탱크 뒤에 숨어서 보았다. 경찰들이 몇 블록 넘어가는 것을 확인한 뒤, 청년들은 수줍게 웃어 보이며 다시 데모대에 합류하러 내달았다.

그날 보았던 청년들의 부끄러운 웃음. 사회의 모든 오류를 향한 청년들의 울분. 오랜 세월이 흘러도 잊히지 않는 내게는 두고두고 레지스탕스 영화 같은 낭만의 한나절이었다.

그 날의 데모나 오늘의 삼보일배 순례나 가만 따져보면 고루고루 잘 살자는 민초들의 몸짓임이 분명하다. 사람의 마음을 제대로 움직이는 것은 작고 여리기는 하지만 아무래도 그 근원은 낭만이 아닐까?

혼자만의 낭만적 생각으로 로데오 거리가 된 〈천우장〉 옛길을 걸어 나왔다. (2003)

북강에서

설경설경 내리는 눈을 맞으며 유달산에서 삼학도를 내려다본다. 눈앞의 크고 작은 섬들은 눈 때문인지 지척인데도 멀게 느껴진다. 저 섬에는 어떤 사람들이 살까? B와 나는 섬으로 들어가기 위해 목포 외항을 찾았다. 한창 공사 중인 관광 여객선 터미널을 지나 도지선을 탈 수 있는 부두로 갔다. 남루한 대합실에 전라도 사투리가 질퍽했다.

외달도, 비금도 우이도 가거도, 돌아올 시간까지 줄잡아 5시간, 우리는 북강으로 가는 표를 끊었다. 출항 시각까지 남은 1시간. B가 목포 별미라는 연포탕을 먹으면 어떻겠냐고 했다. 마침 호객을 하는 남자가 있어서 식당으로 따라 갔다. 남자는 얼른 어판장으로 가서 세발낙지를 사왔다. 낙지 머리를 통째로 삶아 먹물을 먹게 된다는 연포탕. 용감하게 젓가락을 들었지만, 비위가 약한 나는 결국 낙지 머리를 터뜨려 씹지 못하고 꿀떡 삼켰다. 물커덩 낙지 머리가 속으로 둘러 빠지는 게 공연한 호기를 부렸구나, 후회를 했다. B는 그런 나를 딱한 눈길로 바라보았다.

"그렇게 해서 나중에 삼합은 어째 먹을래?"

삼합, 삶은 돼지고기와 가오리를 김치에 싸서 먹는다는 전라도의 전통음식, 나는 삼합 먹을 일이 미리부터 걱정되었다. 어떻거나 먹어는 봐야 할 일.

우리가 오른 배는 은연중에 객실이 남녀로 구분되어 있었다. 여자들은 대개 옆 사람과 얘기를 나누고 혼자인 아낙은 무심하거나 애살 어린 표정으로 옆 사람을 살폈다. 남자들은 화투판을 벌이곤 목소리를 높였는데 도대체 무슨 말인지 알아들을 수 없었다. 끈적하고 들큼한 사투리들이 선실을 가득 채웠다. 처음 접해보는 전라도 말들의 묘미에 줄곧 입이 벌어졌다. 무엇보다 큰 횡재였다.

고개를 빼고 창밖을 보니 겨울 바다에 물너울이 넘실거렸다. 버스처럼 섬사람들을 마을마다 내리고 태워 떠나는 도지선의 재미가 쏠쏠했다. 몇 안 되는 사람들은 배에서 내리기 바쁘게 보따리를 이고 든다. 집이라야 선창 쪽에 붙은 몇 가구뿐인 듯싶었다.

얼마 안 가서 배는 둥글게 뱃머리를 틀며 북강으로 들어섰다. 뱃전에서 보니 북강도 여느 섬처럼 한적했다. 우리는 찬바람을 막기 위해 목도리를 눈 아래까지 칭칭 감았다.

'꾸르르꿀 꿀구르 꽤액쩍.'

갑판으로 내려서는데 갑작스레 요상한 소리가 들렸다. 세상에. 퉁실하게 살이 오른 돼지 한 마리가 사지는 묶이고 주둥이도 몇 차례 헝겊으로 감긴 몰골로 몸뚱아리가 뒤집힌 채, 허연 배를 하늘을 향해 벌려놓고 울고 있는 것이었다. 겨울바람이 매섭기는 사람이나 돼지나 매한가지일 텐데, 돼지는 온몸을 송두리째 찬바람 속에 던져놓고 있었다.

'어느 집에서 잔치를 하나 보구나'

돼지의 절망적인 심정에 마음이 살짝 애처로웠다. 돼지 주인인 듯한 거무튀튀한 남정네는 긴 막대기로 돼지 배와 엉덩짝을 요리조리 치며 한껏 흡족한 웃음을 지었다.

"웨메, 도야지 새끼가 딴딴하요잉. 먹잘 것 있것는디. 한 볼데기 해야 쓰것소."

돼지를 보며 심드렁해졌던 우리는 지나가는 남자의 사투리에 눈물을 찔끔거리며 웃었다. 선착장에 도착하니 이번엔 국기봉 높이만 한 길쭉한 쇠막대 꼭대기에 가오리가 깃발처럼 펄럭거렸다. 가오리의 몸이 쇠막대를 관통하여 줄줄이 휘날리고 있는 게 방금 본 돼지와 어찌 그리 맞아떨어질까, 바람에 날리는 가오리. 전라도 사람들이 부엌 앞에 걸어두고 겨우내 반찬으로 한다던 가오리가 공중에서 휘휘 거리는 모양은 일품이었다. 저렇게 꾸덕꾸덕 말려 삭힌 가오리가 삼합의 일미라는 홍어인가 보다. 선착장 작은 가게 안에는 남자 몇이 무슨 놀음을 하는지 심각한 표정들이 었다.

북강에 내린 우리는 어디로 가나 사방을 살펴보았다. 두 갈래 길 중 마을 회관 앞으로 난 길을 따라 걷기 시작했다. 코란도가 한 대 지나가는 게 섬 뒤편에도 사람이 사는가 싶었다.

아스팔트가 깔린 길이었지만 가도 가도 끝이 없는 한적함과 섬의 고요. 길을 사이에 두고 양쪽으로 겨우 한두 채 집들이 있었지만 경작된 밭들은 꽤 넓었다. 섬사람이라고 해서 바다만 바라보고 살 수는 없을 것이다. 바짝 비틀어진 갈대숲을 지날 때, 들숨을 쉬니 바람의 숨결이 허파 깊이 파고든다. 나는 걷는 내내 숨을 길게 들이켰다. 다도해의 바람은, 공연한 기분이겠지만 우리 집 앞 해운대 바람보다 진한 것도 같다. 섬사람들의 억척스러운 삶이 스며들어서일까.

생판 모르는 섬마을을 일없이 얼쩡얼쩡 걷는 즐거움을 누린지 두어 시간. 돌아가는 배를 타기 위해 오던 길로 돌아섰다. 마침

밭둑으로 난 길이 있어 물기가 축축한 둔덕으로 발걸음을 옮겼다.

"이렇게 평생 걷고만 살아도 좋겠다. 왜 행도라는 거 있잖아. 걸으면서 도 닦는 것."

B의 말에 웃음이 돌았다.

"그러고는 싶지만, 어찌 걷고만 살 수 있을까."

"얼마나 많은 일을 하며 살아야 하는데, 우리는."

"들길 따라서 말없이 걷고 싶어. 작은 가슴에 고운 꿈 새기며."

노래의 한 소절이 막 끝나자 갑자기 뭔가 빛을 내며 개울 아래에서 하늘로 치솟았다. 그 빛에 화악 눈이 부셨다.

"어머나, 철새다 새떼야."

그 소리에 다시 한 무리 새떼가 밭 아래에서 날개를 파닥이며 줄을 지었다.

"세상에나!"

새들은 연이어 도미노처럼 우리 앞으로 날아올랐다. 막 스러지는 일몰의 빛을 몸에 받으며 만들어내는 철새의 은빛 날갯짓에 입이 쫘악 벌어질 뿐이었다. 발소리를 죽여 걸어보아도 뒤처진 새들은 이내 눈치를 채곤 높이 날아올라 멀리 사라져갔다.

"어쩌면 아름답기도 해라."

마음이 새를 따라 자꾸 위로 끌려갔다. 또다시 군무가 있으려나 기대를 했지만, 새들은 더 이상은 날아오르지 않았다. 대신 무리를 따라 날지 않고 능청스레 우리를 살피는 예닐곱 마리 새들.

"얘들은 왜 도망가지 않지?"

"아마 우리를 자기들이랑 같은 과라고 생각하나 봐"

터지는 웃음소리에 새들이 마저 날아가 버렸다.

추운 몸을 녹이려 가게에 들러 컵라면을 시켜 먹었다.

할머니가 심심한 전라도 김치를 내주셨다. 전기난로 곁에서 한참

화투에 열중하는 남자들. 일없는 철엔 어디나 마찬가지다.

창 너머, 스산한 선착장 쇠꼬챙이엔 가오리 떼가 여전히 펄럭거

리고 있었다. (2007)

오래된 꽃

세월이 내려앉은 뒤란 장독대 옆에 찔레꽃이 하얗게 피어 있다.
열 살쯤인가부터 보았던 찔레꽃은 큰집이 부산으로 이주한 이후,
삼십 년 동안 지치지도 않고 혼자 피었다 지고 올봄에 또 피었다.
찔레꽃 곁에 친구 삼아 함박꽃도 큰 얼굴로 웃고 있어 큰언니와
나도 꽃처럼 웃고 또 웃었다. 꽃은 그대로인데 우리만 주름 꽃으
로 변했다.

뒤란 장독대 옆에서 마치 거기에 살고 있는 아낙처럼 한참을 놀
다가 다 쓰러진 뒷문을 열었더니, 초록이 길어 무성한 갈잎이 몸
을 흔들며 자지러지게 웃고 있었다. 샛강은 흐르는 기미가 보이
지않는데, 그 옛날 갈대는 뒷문 밖을 떠나지 않고 여전히 갈잎의
노래를 부르고 있었다. 우리도 내친김에 목청을 돋워 노래를 불

렸다.

자드락 강언덕에는 그 많은 식솔들의 손이 닿았던 감나무가 밑동이 실컷 긁어져 있어 대견스러웠고, 그네를 맸던 미루나무도 그대로였다. 탱자 울타리가 있었던 옆문 너머에는 어린 모들이 모판마다 이삭을 꿈꾸고 있어서, 언니와 나는 팔을 길게 뻗어 그 부드러운 모들을 쓸어 보았다.

찔레꽃을 한 번 더 볼 요량으로 뒤란으로 다시 돌아가니 장독대 곁에 떡시루와 커다란 항아리가 보였다. 언니와 나는 동시에 그것들에 마음이 쏠려 그중 작다 싶은 떡시루와 술 항아리를 가져가기로 했다. 일가가 모여 살았던 밀포에서 장손이었던 큰집에는 명절이나 제사 때마다 많은 친척이 모여들었었다. 그때마다 큰어머니의 정성스런 손맛이 담긴 고물 떡, 곡주를 담아내었을 시루와 술 항아리를 끙끙대며 마당으로 끌어내었다.

"언니야, 근데 저 찔레꽃은 어쩌지?"

"얘, 찔레꽃과 갈잎은 아무래도 고향에 있는 게 낫겠다. 그래야 우리가 내년에 또 올 것 아니겠니?"

안채는 정년퇴임을 하신 큰집 오빠가 남새밭을 일굴 때면 며칠씩 묵는다고 들었는데, 숙식할 만큼은 수리가 되어있어 즐거운 마음으로 삽짝을 나섰다. 그때 큰언니가

"야야, 저것 봐. 지게다, 지게 큰아버지 지게야."

하며 호들갑스럽게 사랑채 쪽으로 잰걸음을 했다. 처마도 짧은 사랑채 벽에 아무렇게나 던져진 지게가 반가워 언니는 지게도 싣자고 했다. 틀림없이 증조할아버지 때부터 지었을 지게니 집안의 숨결로 보관하겠다고 한다. 비탈길을 오르긴 해도 서울에서, 빨간 삼각형 지붕에 제법 넓은 마당을 가진 언니는 낡고 볼품없어도 잘 손질하여 근사한 꽃 지게로 만들어 원두막 옆에 두겠단다. 나뭇짐 지던 사람들 모두 떠났으나, 그 지게 후손이 꽃 지게 만들어 집안의 보물로 삼는 것, 돈으로야 매길 수 없는 약간은 낭만적인 짓거리다 싶어 짚으로 단단히 묶어진 끈을 뜯어내고 차에 실었다. 트렁크에 실리지 않아 뒷좌석에 겨우겨우 밀어 넣었더니 언니 앉을 자리가 없다.

걸음이 어려워 차에서 논둑만 보고 계시던 반 정신의 어머니가 우리의 얘기 반은 알아들었는지 쩍 웃으신다. 어머니 고향 바람 쐬어 드리자 나온 길이 우리만 신났던 것 같아 미안했지만, 어머니는 마음 상해하실 줄도 모르니 그게 언니와 내 마음을 쓸쓸하게 했다.

떡시루와 항아리, 지게를 싣고 사촌 오빠네로 가는 도중 서구댁에 들었다. 큰언니는 서구아줌마 창가에 서서

"제가 누구예요? 제가 누군지 아시겠어요?"

하고 뱅실뱅실 웃는다.

수십 년 전부터 술독으로 얼굴이 뻘겋던 서구 아줌마의 방에는 지금도 빈 소주병이 줄을 서고 있었다. 언니를 가만히 보던 서구 아줌마는

"니가 부산댁이 딸 옥이 아이가. 야가 내 팔십이라도 눈은 맹경이다. 부산 아저씨하고 꼭 같구마는 빨리 들어온나 마."

하시며 대번에 알아보신다. 서구 아줌마 방에 앉아도 어머니는 얼굴만 환해질 뿐 안부도 묻질 못하신다. 잠깐 방에 있으니 수십 년 전에도 널브러져 있던 서구댁의 삶은 지금도 매한가지였다.

"영목인 어디 갔어요?"

"오이밭에 있다 가봐라. 오이 딴다고 바쁘다. 아, 너무 오래 잡고 있지 마라."

서구댁의 아들과 큰언니는 친구라서 물통구리에 오면 언니는 꼭 영목이 오빠를 찾았다. 제일 큰 비닐하우스를 찾아 밭둑을 가는데 엄청 큰 똥개가 "컹컹컹" 어찌나 짖는지 둘러가는 길을 찾아보았다. 마침 좁다란 밭 사잇길마다 '콩콩콩' 콩꽃이 피어 있어 고향에서는 똥개도 고마웠다.

오이밭을 물어 비닐하우스로 들어서니 영목 오빠 내외는 상자마다 갓 딴 오이를 담아 저울에 담고 있었다. 영목 오빠는 유별떨지 않고 그저 벙싯 웃으며 반기더니 냄새 물씬한 오이를 상자째 내밀며 깎아 먹으라고 한다. 언니는 집 나설 때 준비한 파운드

케익을 중참으로 건네 함께 먹었다. 자고 나면 자라는 오이라서 오이가 늙기 전에 빨리빨리 따야 해서 숨 돌릴 짬도 없다며 내외는 오이를 상자에 담아 상, 중, 하 품질 표시를 하느라 바빴다.

"어머나, 이게 니 오이란 표시네. 이봐 생산자 안영목, 어쩜 내 친구 이름을 달고 오이가 팔리네."

요즘에야 웬만한 농산품에는 생산자 표기가 되어 출하되지만, 언니는 새삼스럽게 좋은 듯했다. 하루에 사오십 상자를 출하하니 수입은 괜찮은 편인데 너무 힘이 드는 게 문제라며 오이 철이 끝나면 꽃 재배를 할 계획이란다.

바쁜 사람들 잡고 이야기해선 안 될 것 같아 돌아서는 우리를 부부가 굳이 집으로 데리고 가서 부추전을 구워주었다. 그리고는 재배할 꽃이라며 글라디올러스 큰 묶음, 오이 한 상자를 내민다. 나는 순간 너무 힘이 들어 지칠 대로 지친 오빠의 아내를 보니 도시에서 야금야금 받아먹기만 하는 게 미안했다.

"나이 들면 시골에서 텃밭이나 일구고 살 거야."

도시 사람들 농촌에서 조심해야 할 말이었다. 평생을 일구어도 힘든 살림살이가 대개의 농부들이지 싶어 마음이 저렸다. 서구 아줌마가 뭐라고 하셨는지 얼굴에 주름 꽃이 가득한 어머니를 모시고 비좁은 농로를 따라 작은집 오빠가 계시는 밀포를 더듬어 갔다.

그런데 집을 찾다 보니 차가 양옆으로 농수로가 트인 논 머리에 올라서 나갈 수도 물러날 수도 없이 그야말로 진퇴양난이 되었다. 저만치 오빠네가 보이는데 어머니 걷기에 멀어 보여 언니만 혼자 차 걱정 없이 소녀처럼 까들막거리며 기분껏 둑길을 갔다.

오빠네 마당에서 빙 둘러 한참을 얘기하는 모습을 힐끗힐끗 보며, 사생결단 수십 번 좌우 바퀴를 확인해 겨우 빠져나가도록 차를 제 위치에 둘 동안 둔덕의 풀만 뽑아대는 어머니는 실없는 풀과 같다. 어머니는 눈가에 눈물이 그렁그렁했다.

"햇발이 내 눈에 찔렀어야. 햇발도 아파라아."

허랑한 어머니의 목소리에 하늘을 보니 둥글게 햇무리가 퍼져 있었다. 봄바람은 스리슬슬, 둔덕에서 손을 깍지 끼고 봄들녘을 바라보는 어머니와 나에게 치근거리다가 하얗게 무리진 쇠별꽃을 흔들어댔다. 멀리서 오빠가 절뚝절뚝 반갑게 달려왔다. 마침 일요일이라 일손으로 왔다는 사촌 조카 수영이 내외와 오빠, 언니가 어머니를 반기는 표정이 반가우면서도 안타까움이 가득했다.

"야야, 근데 저것들이 뭐꼬?"

"큰집에서 가져오는 거예요. 우리 집안 남자들의 역사, 여자들의 손때가 묻어 있는 거라서 서울 가져가 꽃 지게, 꽃 판 만들려고요. 망태 속에 갖가지 꽃짐을 담아 꽃짐을 지우면 정말 예쁠 거예요. 시루는 창가에 두면 되고요."

"야야, 너거가 고향은 여기라도 영판 도시 사람인 갑다. 저걸 좋다고 가져가니 니 말마따나 증조할아버지 때부터 썼으니 얼추 백 년은 되겠다. 내 죽고 나면 내 지게도 가져가거라. 작은 할매요. 우짜든지 기운을 차리고 아이들 따라 자주자주 댕기가이소. 우짜든둥 오래 사셔야 됨더."

어머니의 손을 쉽게 놓지 못하는 사촌 오빠는 불편한 다리로 어떻게 저 넓은 논과 밭을 지키며 살았는지 알 수 없었다.

"농번기라서 옳게 밥 한 끼 못해 미안시럽다. 조용할 때 한번 모시고 오너라. 꼭 오너라."

어린 모들이 사방팔방으로 흔들리는 좁은 농로를 지나 수산쯤에서 룸미러 넘겨보았다. 뒷자리에 엉덩이만 간신히 걸친 언니는 지게. 글라디올러스와 함께 끄덕끄덕 흔들리며 풀풀한 먼지 속에서 졸고 있었다. 졸음 중에도 왼손으로 옹기 주둥이를 불끈 쥔 폼이 결연해 보였다. 국도의 노면 턱을 지날 때마다 "떠억떠억" 트렁크의 떡시루 흔들리는 소리 혼자 신났다.

포장이 되지 않아 택배가 불가능한 지게는, 마침 서울로 가는 결혼식 관광버스 하객들 틈에 끼여서 상경을 했고 지금은 언니네 마당의 원두막 여물통 옆에서 빨강 노랑 파랑으로 쭉쭉 늘어진 한련화 꽃짐을 지고 있다.

"얘, 꽃 지게를 보면 뒤인문 밖에서 가알잎의 노오오래. 엄마야 누나야, 가앙변 사알자가 자꾸 불러지는 거 있지, 아, 김해 만경 평야 그리워라."

전화 속으로 언니의 노래를 듣고 얼굴에 온통 주름 꽃이 피는 어머니. 어머니는 우리에게 또 하나의 오래된 고향의 꽃이다.

(2000)

도등기 마을에서

3월. 아직 이른 봄이었지만 길을 떠났다. 포항에서 얼마나 더 깊이 들어왔는지 사방이 고요하다. 목적지는 오지마을 도등기이지만 눈앞에 펼쳐진 풍경에 마음이 홀려 친구와 나는 마을 입구의 하옥슈퍼 옆에 차를 세웠다. 슈퍼주인은 가게 문은 열어둔 채 어디 갔는지 보이지 않는다. 저만치 아득하게 뻗어있는 길. 길은 꼭 그 길 같다.

'옛님이 그리워 눈물납니다'는 바위고개 길.

바위고개는 아니지만 저 멀리 끝없는 산길에 가슴이 설렌다. 이상하게도 나는 저렇게 멀리 굽이굽이 돌아가는 고갯길이 좋다. 살아보지도 못한 옛날 옛적에 대한 아련한 그리움 때문인지, 대책 없는 서정성 때문인지는 모른다. 어쨌든 눈앞에 펼쳐진 길이 끝나면 마치 하늘로 오를 것 같은 고갯길을 보며 걸음을 뗀다.

걷기의 시작은 다리부터다. 다리는 하옥 계곡에서 흘러온 물이 넘쳐난다. 운동화를 벗어들고 다리 위로 올라선다. 냉기가 도는 물을 일부러 첨벙첨벙 거리기도 하고 툭툭 차기도 하면서 아이처럼 놀며 건넌다. 다리를 내려서 자갈밭으로 간다.

갯가에서 나고 자란 친구는 슬금슬금 물가로 가더니 납작한 돌을 골라서 크게 돌팔매질을 한다. 조약돌은 다섯 번 여섯 번, 수면을 치고 물 위로 나아간다. 돌이 물을 치는 곳에는 물수제비가 뜬다. 마치 물수제비의 고수 같다. 나는 제대로 뜰 줄도 모르면서 휘리릭 돌팔매질을 해본다. 툭툭 제 자리에서 떨어지고 마는 조약돌은 몇 번 만에 제대로 탁탁 탁, 물을 차고 수제비를 뜨며 미끄러져 나간다. 친구와 하이파이브를 날린다. 다리 건너 넓은 자갈밭엔 한가족이 텐트를 치고 야영 중이다.

타박타박, 걸으면서 사방을 살핀다. 까맣게 익은 오디를 따먹고 산딸기도 따 먹는다. 자동차 소리에 돌아보니 무슨 동호회 여행인지 색색의 코란도가 줄을 서서 털털 산길을 간다. 한 운전자는 손을 흔들어준다. 비포장도로에는 역시 SUV 차지만 SUV보다는 걷는 게 낫다며 친구와 나는 공연한 심술을 부린다. 온 길을 뒤돌아보니 참 멀기도 하다.

봄이긴 해도 한낮의 걷기는 제법 땀이 난다. 학학거리며 얼마나 걸었을까? 언덕에 올라서자 집이 한 채 나타났다. 하늘로 이어졌을 것 같은 길의 끝엔 다 낡은 슬래브 집이 있다. 툇마루 앞 널따란 꽃밭엔 무슨 꽃이 필는지 망울망울 꽃봉오리가 맺혀 있다. 오가는 이 없는 버려진 외딴 집에 흐드러질 꽃이라니, 꽃이 핀다면 참으로 눈물이 날 듯한 풍경이겠구나 싶다.

마당 안으로 들어가 보니 사람은 없다. 우물가, 귀퉁이가 떨어져 나간 플라스틱 세숫대야와 말라비틀어진 비누 조각만이 누군가 살았던 흔적을 보여준다. 친구와 나는 툇마루에서 참외를 깎아 먹으면서, 어디인지도 모르는 낯선 곳의, 어딘지 낯익은 풍경 속에서 한참을 놀고는 오던 길을 되돌아 도등기 마을로 향했다.

일부러 개울을 따라 내려갔다. 허리가 직각으로 굽어진 할머니 한 분이 무엇을 캐는지 땅에 박았던 눈을 들어 쳐다본다.

"개울창이 험하니 조 쪽 샛길로 올라가면 수월하니더"

막내딸이라도 됨직한 우리에게 할머니가 존대를 하는 것이 공연히 미안하다. 그 옛날부터 이런 산골짝에서 평생을 산 인생이라면 얼마나 뼈마디가 저린 삶이었겠는가? 부러 개울을 따라 내려가려던 우리는 할머니에게 고맙다고 인사를 하며 도로 윗길로 올라섰다.

차는 그대로 두고 하옥 슈퍼 앞, 도등기 마을 팻말을 따라 올랐다. 좁은 오르막길이 펼쳐졌다. 몇 걸음 떼지 않았는데 초입에서 밭일을 마친 듯한 중년의 부부를 만났다. 마침 자기들이 그곳에 산다고 차를 태워주마고 했다. 걷기에는 꽤 먼 산길이라고 했다. 걸어도 상관은 없겠지만 우리는 어지간히 걷기도 했고 또 호의를 물리치기도 그렇고 해서 차를 탔다. 세 가구가 산다는 도등기의 첫 번째 주민을 만난 것이다.

운전대를 잡은 남자가 먼저 말을 했다. 몇 해 전, 난치병인 피부암에 걸려 어느 정도 치료를 마치고 도등기에 들어온 지 3년째. 도시보다는 공기도 맑고 자연의 향기를 온몸으로 느끼며 사는 건 좋은데 생활의 불편함을 아직은 넘지 못하고 있다고 한다. 밭농사도 어렵고 가축을 기르는 것도 꽤 정성을 쏟아야 하기 때문에 일과가 빡빡하다고. 그래도 마음이야 제일 편해서 좋다는 게 남자의 말.

그런가 하면 우리 나이나 되었을까? 싶은 남자의 아내는 한눈에 보기에도 오지 생활에 지친 듯한 얼굴이었다. 말에도 불평과 짜증이 묻혀 있다. 그러면서도 웃음은 호탕하다. 두 가지 마음이 왔다 갔다 하는 모양이었다. 남자는 아내의 그런 마음에 살풋 주눅이 든 것처럼 보였다. 겉보기에 남자는 온순하고 여자는 조금 억세다. 부부이기는 하지만 제 몸 아픈 것 아니니 여자의 불만을 이해 못 할 것은 없었다.

구불구불 돌아가는 차 앞에 트럭 한 대가 곡예를 하며 올라간
다. 트럭엔 굵고 긴 나무들이 가득 실려 있다. 곧은길이야 그렇다
쳐도 돌고 돌아야 하는 굽은 길은 눈짐작으로는 절대 불가할 것
같은 나뭇짐이다. 한 남자가 트럭 위에서 운전사에게 뭐라고 지시
를 하면 가까스로 아슬아슬 차가 돈다. 묘기 대행진이 따로 없다.

남자가 며칠 전부터 누군가 숲 속에 물류 창고를 짓는다고 하는
데 아무래도 이상하다고 말한다. 창고야 교통이 좋은 곳에 있어
야 하는데 이런 깊은 산 속에 짓는다는 게 다른 꿍꿍이를 가지고
있다는 게 남자의 추측이었고 듣기에도 억측은 아닌 듯했다. 한
이십 분을 오른 후, 트럭과 함께 남자의 차는 도등기 산장 앞에
섰다. 더 이상 오를 곳이 없는 정상이었다.

남자의 집도 바투 붙어 있었다. 남자는 시간 나면 놀러 오라고
인사를 했지만 여자는 아무 말도 하지 않고 먼저 가버렸다. 미리
예약해 둔 산장의 여주인이 기다리고 있었다.

세 가구만 달랑 사는 마을이라 산장도 낡았거니 했는데 오래되
기는 했어도 시적인 분위기를 내는 아주 작은 집이었다. 뒷간에
는 오래전에 써 붙인 듯한 한용운의 '인연설'이 달랑거린다. 새로
짓는 황토집은 사시사철이 한눈에 들어오도록 커다랗게 창을 냈
다. 황토를 바를 때 재미있었다는 안주인은 집을 둘러싼 유실수

자랑도 잊지 않는다,

군불을 잔뜩 땐 손바닥만 한 방은 지글지글 끓었고 투박한 나무 상에 차려주는 저녁밥은 정갈했다. 상에 올리는 음식들은 거의 재배한 것들이라고 한다. 식사 후, 산책로를 돌고 오니 안주인이 매실차를 내주었다. 툇마루에서 차를 마시는 우리에게 안주인은 도회지에서 살다가 남편의 안태 고향인 도등기까지 들어오게 된 내력을 실타래처럼 잘잘 풀어놓았다. 어느 인생이 그렇지 않을까? 삶의 도입부터 결말까지 희로애락이 겹치지 않을 인생이 어디 흔할까?

오지 마을만 다니는 여행객에 의해 인터넷에 오르고 또 다큐로 방송을 탄 뒤 너무 바빠져 싫다고 웃다가 울다가 하던 안주인이 이야기를 끝냈다. 그러자 일을 마치고 올라온 바깥주인이 이야기를 받아서 도등기에서 살면서 생긴 황당한 일을 들어보라고 한다.

도회지에서 웬만큼 실패한 후, 도등기로 돌아온 부부가 처음 생각한 것이 염소를 키우는 일이었다. 마침 누가 아랫마을의 이장이 집에 염소를 많이 친다고 일러주었다. 바깥주인은 생면부지인 이장과 전화로 볼일을 마치고 염소 스무 마리 값을 입금시켰다. 이장은 다음날, 염소를 도등기에 풀어놓고 갔다. 염소를 산 부부는 새로 시작한다는 희망에 부풀었다.

그런데 이튿날 아침, 염소가 보이지 않았다. 집 주변을 살피고 근처 산을 뒤져도 염소들은 보이지 않았다. 도깨비 같은 일에 놀란 바깥주인은 염소를 판 이장에게 전화를 했다. 이장은 염소가 새벽에 우리 집에 왔다고 천연덕스레 말을 했다.

알고 보니 염소란 동물이 나서 자란 곳을 잊지 않고 반드시 찾아오는 습성을 지녔던 것이다. 염소가 없어져서 난리가 났을 걸 뻔히 알면서도 먼저 전화를 해주지 않은 이장에게 부아가 치밀었다. 그래도 내색 않고 먼 길을 걸어 다시 염소를 찾아왔다. 이번에는 울타리를 쳐서 풀었다. 그렇지만 그것도 실패, 염소는 또다시 부리나케 이장 집으로 가버렸다.

도등기에서 아랫마을까지는 꽤 먼 거리다. 염소는 한 번 온 길을 어떻게 기억하고 돌아가는지 신기했다. 부부는 염소를 지키기 위해 노심초사 갖은 방법을 동원했다. 염소를 찾아오기를 몇 차례, 어느덧 추석이 되었다. 추석에는 며칠 도등기를 떠나 도회의 아들 집에 가야 해서 미안했지만 어쩔 수 없이 염소를 이장 집에 맡겼다. 걱정 말고 다녀오라는 이장의 말을 듣고 부부는 안심을 했다.

추석이 지난 며칠 후, 염소를 찾으러 간 부부는 그만 황당한 일을 맞았다. 염소를 데리고 가겠다는 말에 이장이 무슨 말이냐며 되물었다. 잘못 들었나 싶어 맡겨둔 염소를 가지고 가겠다고 재차 말을 했다.

그러자 이장이 그쪽 염소를 왜 우리 집에서 찾느냐고 정색을 했다. 마른하늘에 날벼락도 유분수지 참 억장이 무너지는 순간이었다. 바깥주인은 다시 조곤조곤 이장에게 설명을 하며 저기 염소들이 다 자신의 염소들이라고 했다. 이장은 염소에 특별한 표시를 해두었느냐고 적반하장으로 도리어 기가 찬 표정을 지었다.

도무지 방법이 없었다. 결국, 염소 중 제일 힘센 숫염소 한 마리를 얻어 집으로 돌아와서는 울타리를 다 걷어치웠다는 웃지 못할 이야기에 우리는 눈물을 찔끔거리며 웃었다.

실제상황을 몸으로 연출해 보이는 바깥주인의 이야기 솜씨도 자지러졌다. 도시의 동생이 죽었던 날, 태산 같은 눈 때문에 가보지도 못했던 슬픈 기억과 퇴직하고 도등기 숲 속에 혼자 사는 교장의 한 많은 인생담도 들려주는 바깥주인은 다부졌고 육십이란 나이에 비해 얼굴엔 골이 깊었다. 그런 남편을 쳐다보는 '바짝 울어댔던' 인생을 견뎌온 안주인의 눈길에 정이 넘쳤다.

깊어가는 도등기의 밤처럼 바깥주인의 이야기는 끝이 없었다.

(2011)

소포리의 여름

  목포에서 77번 국도를 타고 영암방조제를 지나 진도대교를 건넜다. 다시 울돌목에 들렀다가 낙조를 보기 위해 세방으로 갔다. 낙조는 은회색의 구름 사이로 좀체 얼굴을 내밀지 않아 애를 타게 했다. 한동안도 구름은 비낄 생각이 없었다. 아들과 나는 배를 타고 바다로 들어가 일몰을 보기위해 쉬미항으로 갔다. 세방에서처럼 바라만 보는 노을이 아니고 배를 타고 바다로 나가면 사람조차도 완전히 낙조에 물들어 낙조와 사람이 분간이 안 간다는 이야기를 들었기 때문이었다.

  소포리를 지나서 쉬미항까지는 비포장도로가 이어졌다. 남도의 서쪽섬 진도군 지산면 소포리에서 토요일마다 열리는 상설공연 시각은 일몰 1시간 후부터이니 배를 탈 시간은 넉넉했다. 울퉁불통 생동감이 넘치는 한적한 시골 길을 천천히 달리니 새삼 남도의 길이 다정하게 여겨졌다.

쉬미항

섬의 끝에서 쉬어가라는 뜻으로 불렸다는 아주 작은 포구 쉬미항엔 넘실넘실 옥빛 바닷물만 물결을 탈 뿐, 사람은 없었다. 세방에서 보았던 단체 관광객도 소포리로 바로 갔는지 보이지 않았다. 열 명이 모이면 출항한다는 유람선 매표소는 이미 창구가 닫히고 사공 없는 나룻배만 저녁 바람에 이리저리 흔들리고 있었다. 잔뜩 기대를 하고 온 우리는 실망이 되었다. 제대로 된 일몰은 바다 가운데로 들어가는 것이겠지만 유람선을 타기 위해 지불해야 하는 배 삯이 문제가 되었던 것일까? 잠시 후 진도 초입의 향토문화관에서 보았던 남자와 함께 나룻배를 타기 위해 마을을 다니며 사공을 찾았지만 사공은 아무 데고 보이지 않았다.

저녁이 되도록 옳은 밥을 먹지 못해 배가 고팠던 아들은 저쯤 떨어진 구멍가게에 가서 주전부리를 사왔다. 남도의 끝, 참으로 작은 쉬미항 뱃전에서 우거적우거적 군것질을 하며 바라보는 포구의 노을은 금방이라도 구성진 남도 가락을 풀어놓을 것 같았다. 쉬미항에서 그렇게 잠깐 노을을 즐기다가 여행길이 같은 남자와 앞서거니 뒤서거니 하며 소포리로 들어갔다.

공연시각 일몰 1시간 후, 소포리 전수관에 나붙은 글귀에 웃음이 돌았다. 낮엔 농사일을 하고 밤이 되면 노래를 하기 위해 정해진 공연 시각은 늦어진다고 해도 어쩔 수는 없었다. 아니나 다를까, 해 떨어지고 1시간이 벌써 지났지만 공연은 시작될 기미가 보이지 않았다. 삼십 명 남짓한 관중이 모였다. 공연을 준비하는 사람들도 서두르지 않았고 먼 길을 달려 공연을 보기 위해 온 사람들도 대중없이 기다리기만 했다. 무대 위엔 조명이 켜지고 무대를 중심으로 좌우에 대형 선풍기가 놓이고 군데군데 모기향이 피워졌다. 망으로 둘러싼 선풍기가 풀풀 돌고 모기향이 모락거리는 공연장은 참으로 사실적이어서 현장감이 넘쳐났다.

머리 위의 달은 밝고 부드러운 빛을 공연장에 쏟아붓고 있었다. 늦어 미안하다며 이장이란 어른은 기다리는 관중들에게 진도 배즙을 한 팩씩 돌렸다. 얼마나 기다렸을까, 지루해질 즈음해서 마을 여인들이 하얀 치맛자락을 끌며 무대 위로 올라왔다. 쪽 머리를 한 아낙도 보였다. 어제 비가 온 뒤끝이라 농사일이 좀 더뎌서 그렇다는 미안한 말과 함께 〈2009 소포리 역사 재연 프로그램〉의 막이 올랐다.

어스름 달빛 아래 진도 서쪽섬 바닷가마을의 아주 작은 공연은 진도들노래서부터 시작되어 여섯 박자 진양조의 육자배기로 이어졌다.

"어매, 어매, 우리 어매."

한남례 할머니의 흥그래 타령은 여자의 설움과 어머니의 한이 구절구절 서려 있었다. 어쩌면 패인 주름살 골에서 저런 소리가 만들어진 건 아닐까 싶었고 정형화되지 않은 사투리 투성이의 노랫말이 더욱 애련해 가슴에 와 닿았다.

다시금 여인네들의 아리랑이 한여름밤 소포리 들녘에 울려 나갈 때는 소리와 모습이 다 같이 깊고 구성졌다. 주민들이 보유한 남도창의 울림에 몇 안 되는 청중들의 숨소리조차 멈춘 듯했다. 개구리들의 울음이 마치 고수처럼 끼어드는 것도, 여기가 멀고 먼 진도의 외딴 마을인 것을 실감 나게도 했다.

다음엔 무대 뒤쪽에서 두건을 쓴 상두꾼들이 하얀 종이꽃을 단 상여를 매고 나타났고 여인네들은 상여를 따라가며 만가를 부르기 시작했다. 남자들이 전쟁터에 끌려가 다 죽어버려서 약한 여자들이 상여에 길게 줄을 매어 끌었다는 만가. 딱히 봐 주는 사람들 없어도 주민들 스스로 만들어 이어가는 저들만의 소리 가락은 이미 일과처럼 여겨졌다. 새로운 것들에 밀려나기만 하는 우리 춤과 소리를 낮에는 일하고 밤에는 노래하며 지켜나가는 사람들. 모기향과 그물망을 두른 대형선풍기가 돌아가는 무대 위에서 제 흥에 겨워 춤을 추고 구성진 가락을 뽑아내는 사람들.

소포리의 여름밤은 흑백영화같이 아련했다. (2010)

우이도에서

부러 여름 끝자락을 택해서 친구와 함께 우이도로 들어갔다. 목포에서 세 시간. 도초항을 거쳐서 겨우 배 한 척 접안할 수 있는 정도의 돈목 선착장에 내린 사람은 여섯 명. 그런데 배에 실려 온 차가 선착장에 내리니 한 바퀴도 굴러갈 길이 없었다. 우리는 바다에서 최대한 먼 곳에 차를 세워 두었다. 자칫 파도가 심하면 그대로 바닷속으로 빨려 들어갈 만큼 빡빡한 선착장이었다. 도초에 차를 내려두고 몸만 가야 된다던 매표원의 말을 흘려들은 게 불찰이었다.

옮겨 나르기엔 만만찮은 짐 때문에 어쩌나 걱정을 하던 우리를 보고, 민박 손님을 마중 나온 주민 아저씨가 리어카에 짐을 싣게 해주었다. 남은 짐들은 둘이 나눠 들었지만 무엇이 들었는지 무게가 가당찮았다. 사흘 예정에 맞춰 줄일 만큼 줄인 간소한 살림이었다.

여름이 끝나가는 섬마을의 저녁나절은 조용하다 못해 고요하기까지 했다. 선착장 초입의 민박집은 인적은 없고 다 떨어진 대문 옆에 봉숭아만 화들짝 피었다. 나직나직한 돌담장 안에 정겹게 들어앉은 집들이 조개더미 같았다. 우리가 예약해 둔 민박은 손바닥만 한 간판이 달린 슈퍼 맞은편 집이었다. 주인 내외는 우릴 반갑게 맞이해 네모난 화단 앞의 방으로 안내해 주었다. 딸려 보낸 짐들이 먼저 도착해 있었다. 방 안의 작은 창을 여니 멀찌감치 보이는 돈목 해수욕장. 우리는 서둘러 이른 저녁밥을 해먹고 마을로 나섰다.

열 집이 채 안 되는 마을은 목소리만 높여도 서로 소통이 될 만큼 붙어 있었다. 바닷가로 내려서기 전의 끝 집을 지나다가 꽃밭이 하도 정다워 안으로 들어가 보았다. 며칠 전까지만 해도 북적거렸을 방들이 텅 비어 있었다. 살집이 좋은 아낙이 다가왔다. 꽃을 어찌 이리 잘 가꾸느냐고 추켰더니 탄식이 되돌아왔다.

"아이구, 그런 말 마시랑께요. 꽃이야 좋다만 저놈의 풀만 보면 참말로 심란하요잉. 요 놈 뽑으면 등 뒤쪽에 풀, 뒤짝 풀 뽑으면 가슴팍에 풀, 아이고 무담시 자라가지고설랑 심란하게스리."

그러면서 조선 시대 정약전과 최익현이 유배 왔을 만큼 오지였던 섬이었으며 마을 모양이 돼지 목처럼 생겼다 해서 돈목이라 불리는 마을의 내력을 감칠맛 나게 들려주었다.

"섬에 올라믄 한더위에 오지 어째 뜬금없이 지금 온다요?"

우리는 대답 대신 웃어 보이곤 바닷가로 내려갔다. 노을이 막 떨어지고 있었다.

"서해 먼바다 위론 노을이 비단결처럼 고운데."

서해에만 서면 정태춘의 노래가 절로 튀어나왔다. 정말 그렇구나, 비단결 같구나, 열두 폭 치마처럼 흔들리는 노을에 어쩌지 못하고 우리는 바닷가에 오래도록 그냥 서 있었다. 잔물결이 석양을 타고 밀려오고 밀려갔다.

"참 멀리까지 왔다. 얼마쯤일까, 우리 살던 곳에서부터."

"근데 야, 여기 있다가 우리도 노을이 되면 어쩔거나 집에는 가 야쓰것는디."

우리는 실없는 말을 던지며 눈앞의 사구로 갔다. 모래언덕. 바닷가로부터 80미터 높이를 이루고 있는 모래언덕에 올랐다. 장딴지까지 빠져드는 모래더미를 헤치고 꼭대기에 서니 물결무늬인지 바람의 결인지 알 수 없는 흔적이 모래언덕에 뚜렷이 새겨져 있었다. 바람이 물살을 밀어 올려 생긴 흔적일까? 아니면 바람이 모래언덕에 와 닿은 자취일까? 가까운 성포마을에도 저녁노을이 짙었다.

밖의 부산한 소리에 잠이 깼다. 섬마을 사람들의 아침은 진즉부터 시작되었나 보았다. 우리는 간단한 아침밥을 먹고 조개잡이를 가기로 했다. 주인 아낙에게 호미를 빌려달라고 하니 호미가 한 개뿐이라고 했다. 물이 들어서 조개나 게가 없을 거라는 아낙의 말을 들으며 집을 나섰다.

바다로 내려가는 끝 집, 우리는 풀 때문에 심란한 아낙을 만나 호미 한 자루를 더 빌려 의기양양하게 바닷가로 갔다. 돈목 해수욕장은 엊저녁과는 달리 찬란했다. 우리는 송송 구멍이 뚫린 모래밭을 팠다. 아무리 파헤쳐도 갯것은 나오질 않았다. 허탕이었다. 지나가던 아저씨가 성포 바다 쪽으로 가라고 일러주었다. 옳거니, 얼른 자리를 옮겼다. 성포 길목의 바위들은 얼마나 파도를 맞았는지 온몸이 까맣다. 가는 길에 우리보다 먼저 조개잡이를 다녀오는 여자들이 헛걸음했다고 웃음을 날렸다.

이십 분을 파헤쳐 건진 건 죽은 조개껍데기 몇 개가 전부. 그래도 아침 먹은 깐은 했다고 달래며 돈목으로 돌아왔다. 섬이라야 빤한 것. 할 일 없는 우리는 건너 진리 마을로 가기로 했다. 배를 타면 이내 닿을 테지만 산을 넘어가 보는 것도 재미있겠다 싶었다. 바닷가 풀밭에 방목 중인 흑염소 떼를 지나 산길로 올랐다. 그런데 오르고 보면 산으로 빠져드는 길을 번번이 놓쳤다. 어쩌나, 그만둘까, 하는데 마침 지나가던 마을 아저씨가 일러주었다.

"조쪽 전봇대 있지라이. 조걸 따라서 산을 타면 진리랑께. 근디 심들게시리 뭐하러 산을 탄다요. 배를 타면 한달음에 갈 텐데이. 동네 토박이들도 당최 넘어본 적 없는 산인디."

어차피 바닷가를 어슬렁거리며 보내야 할 시간들. 우리는 호미를 다리 옆에 던져두고 산을 오르기 시작했다. 여름의 끝이라 해도 아직 팔월이었다. 전봇대가 있는 곳 근처도 못 갔는데 온통 몸이 땀범벅이 되었다. 바람을 데려다 줄 숲은 아직 멀었다.

"저기다, 저기. 전봇대가 보인다."

힘들게 우리가 따라 넘어야 할 전봇대까지 올랐다. 일렬로 줄을 선 전봇대. 전봇대가 어찌 그리 정답게 여겨지는지. 도심에선 땅속으로 아주 사라져버린 것들이 여기선 이리 요긴하게 제 몫을 하고 있구나, 싶어서 우리는 올라야 할 길이 까마득한데도 잠깐 전봇대가 주는 향수에 빠졌다. 돈목과 진리를 이어주는 전신주를 따라 우리는 산을 넘었다. 진리로 가는 사람들은 아닌 듯한데 우리처럼 산을 넘는 청년들도 있었다. 여기저기 버려진 폐가 앞에서 우리는 잠시 무상에 빠지기도 했다. 웬만큼 높이 올랐다 싶으니 시원한 바람이 불어댔다.

두 시간 삼십 분. 산을 넘기엔 만만찮은 늦여름의 열기를 받으며 마침내 진리 마을에 도착했다. 진리는 돈목보다는 큰 섬이었다. 점심시간이 지나서 배가 고픈 우리는 방파제 옆의 슈퍼로 들어갔다. 선착장 공사 중인 인부들이 밥을 대먹는다며 슈퍼 여자는 생선 찌개가 맛난 점심을 내주었다. 설거지를 마친 슈퍼 여자는 배가 오려면 한참 멀었다며 옛이야기를 시작했다.

삼십 년 전, 목포에서 진리까지 오게 된 사랑 이야기였다. 여자의 본명은 춘자. 가명은 세라, 소공녀의 세라였다며 웃었다. 우리는 지루하다 싶을 만큼 긴 인생이야기를 들었다. 진리에서는 들어줄 사람 없었나 보다 싶어 마지막으로 여자의 자식 자랑까지 듣고는 가게를 나왔다. 다시 이 먼 진리까지 올 날은 없겠지, 아련한 마음이 되었다. 배를 기다리는 동안 방파제에 누웠다. 바다가 서늘했다. 벌써 가을 냄새인가.

힘은 들었지만 걸어 넘었기에 오래 남을 진리 바다. 진리에서 돈목까진 배로 사십 분 거리였다.

"이것들 좀 잡숴보소. 아침에 물질한 놈들인디."
민박집 아낙이 건네준 생선은 서대였다. 횡재였다. 우리는 땡초를 듬뿍 넣어 부리나케 찌개를 끓였다. 그런데 완성된 맛이 깔끔하질 않고 들큰달짝 이상했다. 몇 차례 소금을 더 넣어 간을 했으나 갈수록 요상한 맛, 아뿔사! 소금이라 넣은 게 설탕 덩어리. 얼른 국물을 버리고 다시 소금 간을 하니 참으로 독특한 맛의 서대

찌개가 탄생했다.

막 저녁밥을 먹고 난 뒤, 평상에 앉아 주인 내외와 이런저런 이야기를 나누는데 민박집 전화가 울렸다.

"워따, 화면빨 잘 받아번져야. 고로코롬 말도 일사천리여."

"우이도가 겁나게 떠버렸다요."

주고받는 전화내용에 즐거움이 가득 찼다. 이야기인즉슨 우이도가 '그 섬에 가고 싶다'란 제목으로 방금 텔레비전에 방송되었다는 것이다. 풀만 보면 심란하다던 아낙이 출연해 담장 너머 우이도가 와자지껄했다.

그 섬에 가고 싶다는 우이도에 이미 와버린 우리는 아무도 없는 돈목의 노을을 보기 위해 다시 바닷가로 나섰다. (2008)

옛집

◦
◦
◦

우리집과 담이 맞붙어 있던 옆집은

커다란 무화과나무가 두 그루 있었다.

우리는 그때,

우리 집 마당은 마당이라 부르고

그 집 마당은 정원이라고 불렀다.

◦
◦
◦
◦
◦

옛집

몇 십 년 만에, 양정에 갈 일이 생겼다. 돌아오는 길에 일부러 옛집을 찾아가 보았다. 부산 시내지만 중학교 1학년 때 이사한 뒤, 꼭 한 번 다녀간 후론 처음이었다. 스무 살 무렵 찾아왔을 그때까지만 해도 우리 집은 그대로였다.

양정 사거리 윗길을 따라 곧장 올라가면, 도로의 왼쪽 편으로 살짝 꺾어진 곳에 나지막하게 있던 옛집. 대문에서 달아낸 작은 집에 세들어 있던 세탁소는 흔적만 있었다. 당시, 학교에서 급식으로 옥수수빵을 먹었던 세탁소 집 아이들과 우리 형제들은 무슨 간식인가 모르지만 바꾸어 먹었다. 세탁소 아저씨가 민망해하면 엄마는 그런 우리들을 보고 웃기만 했다.

우리집은 꽃밭이 일층과 이층으로 만들어져 있었고 작은 웅덩이만한 연못도 있었다. 나는 우리 집 마당에 이층 꽃밭이 있는 것이 자랑스러웠다. 꼭 드라마에 나오는 집 같았다. 꽃들은 철철이 피고 졌을 테지만 기억나는 건 제일 앞쪽의 키 작은 채송화뿐이다.

우리집은 마당을 향해 난 길쭉한 마루를 중심으로 네 개의 방이 일렬로 이어져 있었다. 대문에서 가까운 문간방은 집안 형편이 어려워 우리 집 일을 도와주며 함께 지내던 사촌언니의 방이었다. 사촌언니는 결혼하기 전까지 함께 지냈다. 사촌언니는 능력 있고 가정적인 형부를 만나 지금껏 다복하게 잘 살고 있다.

우리 자매들은 한가운데 방을 썼다. 큰언니는 한창 인기 있던 라디오 프로그램인 〈별이 빛나는 밤에〉를 즐겨 들었다. 그러면서 방송국에 전화연결을 해서 음악을 신청하곤 했다. 전화가 많이 보급되지 않았던 시절이라 또래들은 큰언니를 부러워하곤 했다. 큰언니는 그때 크리프 리차드의 'The Young Once'을 좋아했다. 어쩌다 든 도둑은 도둑질도 못하고 아버지에게 잡혀 혼이 나기도 했다.

우리집과 담이 맞붙어 있던 옆집은 커다란 무화과나무가 두 그루 있었다. 우리는 그때, 우리 집 마당은 마당이라 부르고 그 집 마당은 정원이라고 불렀다. 큰언니 또래의 남학생이 살았던 그

집은 늘 조용해서 신비로웠다.

가끔 우리가 시끄럽게 놀고 있으면, 그 남학생은 담 너머로 고개를 내밀어 무화과를 건네주었다. 어떨 땐 담장 아래에서 기타 소리가 들리기도 했다. 꼭 한 번 그 집에 놀러갔을 때, 바깥에서 보는 것보다 집이 훨씬 넓어 놀라기도 했다.

우리 앞집은 이층 꽃밭에 바투 붙어 있어서 쪽창이 꽃밭을 보고 있었다. 가끔, 앞집 애들은 옥상에 올라와 우리들에게 물총을 쏘았다. 그러면서 딸, 딸, 딸따리 집이래요, 하고 놀려댔다. 그럴 때면 큰언니가 얼른 뛰어나와 앞집 애들에게 매매 나무랐다. 우리 형제는 딸 넷에 아들 하나였다.

어느 날, 우리 집 마당에 천막이 쳐지고 많은 사람들이 드나들며 울었다. 아버지가 집을 짓는 공사장 인부 한 명이 흙더미에 깔려 죽어 시신이 우리 집으로 온 것이었다. 그날 들이닥친 사람들은 꽃밭을 아무렇게나 밟고 다녔다. 어린 우리들에겐 생경한, 무서운 광경들이었다. 아버지는 우리를 엄마와 함께 피신시켰다. 여관에 며칠 있다가 엄마의 친한 친구 화숙 아줌마 집에도 갔었다. 다행히 사건이 잘 해결되었지만. 그 후로 한동안 우리들은 해가 지면 밖으로 잘 나가지 않았다. 우리는 사고가 나고 오래지 않아 예쁜 이층 꽃밭이 있던 양정 집을 떠났다.

'앞집, 뒷집, 옆집'이 옹기종기 모여앉아 '이 집, 저 집, 그 집'
속내를 환하게 알 수밖에 없었던 옛날의 집들.

　　옛집 근처에서, 그리운 시절을 잠깐 떠올리고 나는 양정 사거리
로 내려왔다. (2008)

사북의 코스모스

7번 국도를 더듬어 강원도 정선의 삽달령 버들내고개 지나 닿은 사북. 거뭇한 물이 개울을 타고 흐른다. 군데군데 버려진 케이지, 검은 화차 위로 알지도 못하는 광산 노동자들의 얼굴이 나타난다.

7. 80년대 우리나라 집집의 아랫목을 따뜻하게 해주었던 광부들의 버려진 사택. 그 하늘 위로 부는 검은 바람을 문득 본다. 삼탄 구 사택, 차마 집이라 하기 어려운, 수용소보다 못했을 대여섯 평 됨직한 거리의 방들에 들어가 보니 가슴이 툭 내려앉는다.

키가 큰 사람은 웅크려도 발목까지 문 밖으로 나갔을 성 싶은 크기의 방엔 뻣뻣한 담요, 누더기 같은 게 풀풀 삭고 있다. 얼굴 하나 완전히 내밀지 못했을 블록 창, 거리와 맞붙은 방문, 세상보다는 땅 밑의 막장이 생존의 유일한 방법이었던 광산 노동자들은 그래도 저 창을 통해 검은 하늘이나마, 매캐한 공기나마 바라보고 마셨을 거다.

하루 하루가 마지막이 될지도 몰랐던 절망의 막장 노동자들. 노조까지 회사 편에 서서 채탄량을 속이고 임금을 착취했던 마치 짐승과도 같은 노동 환경을 더는 견딜 수 없었던 사북 사태의 현장에서 나는 뒤늦게 부끄러움을 느낀다. 우리 집, 우리 동네, 우리나라 방방곡곡을 데워주었던 그들의 눈물겨운 노고를 팔짱끼고 구경만 했던 우리들, 탄좌마을 사람들에게 미안하다고 미안하다고 늦은 사과를 해보지만 또 다른 사회의 막장에서 힘겹게 살고 있을 듯하여 마음이 답답해진다.

마을의 중간 길쯤에서 행정구역 표시이었을 집집의 커다란 숫자는 마치 수인 번호처럼 느껴진다. 수용소 군도와도 같은 탄좌마을을 무겁게 돌아보니 아직 갈 곳 없는 사람들의 허무러진 모습이 안쓰럽다. 그나마 찌그러진 석유풍로 위에 펄펄 기름기 묻어나는 음식이 끓고 있어 반갑다.

설움의 마을에 그나마 한 가닥 위안은 집 앞뒤마다의 꽃들이다. 산나리, 다알리아, 해바라기, 단단히 여문 완두콩하며 파랗게 익은 토마토, 등잔불 같은 호박꽃, 덕지덕지 먼지를 입은 꽃들은 외지의 꽃들에 비하면 무뚝뚝하고 형편없이 누추하기도 하다. 그래도 땅 밑 몇 백 미터에서 올라온 막장 남자들에게 파고들어 혹시라도 마음에 소용이 되었을까? 그래서 저렇도록 곳곳에 꽃을 피워 두었을까?

때마침 탄광촌을 주제로 한 '21세기 젊은 미술가들의 한·중·일 교류 행위 예술제'가 막 끝나던 참이라 아무렇게나 쓰러진 구조물이 탄좌마을의 쓸쓸함을 더해 주었다. 첩첩산중 잊혀진 폐광촌까지 찾아들어 그들의 세계를 펼치는 젊은 정신력은, 그 옛날부터 지금까지 지치지도 않는지 줄기차기도 하다. 사택이라 이름 지어진 탄좌 마을은 그나마 블록집이라 낫다.

석탄 회사에 정식 광부로 취업되지 않은 흘러든 광부들의 집은, 중부 산간 지방의 추운 날씨를 이겨내기에는 턱없이 얇은 슬레트 집이다. 조금만 세게 툭 쳐도 내려앉을 듯한, 바람이 그대로 밀려들었을 어둠의 집들. 태백의 서러운 흔적들이 산비탈에 붙박이장처럼 붙어있다.

창이 없어 대낮인데도 캄캄한 방, 벽장을 여니 소주병이 뒹군다, 아내가 끓여주는 뜨거운 국물도 없이 깡술만 들이키며, 도망간 이내를 그리워했을 막장의 사내들, 지금은 행복했으면 좋겠다. 덩치 큰 집짐승이 살았다고 불편했을 거처에서, 우리나라의 그 많은 아랫목을 책임진 고단한 광부들. 턱없는 노동 환경에 고달팠으니 스물세 개 광구 사북의 광부들, 꽃피는 4월일지언정 분

114

노를 달랠 수 없었나 보다.

꼬꼬꼭 어디선가 닭 우는 소리가 들린다. 사람이 살 것 같지도 않아 둘레둘레 살펴보았다. 숲 비탈 쪽에 아직 떠나지 못한 늙도 젊도 않은 여자 셋이 경쾌하게 웃어 젖히고, 어지간히 큰 암탉 몇 마리가 여자들을 질러 길섶으로 내려선다. 아! 아까 보았던 석유 풍로 위 기름기의 정체, 닭의 크기로 보아 누리끼리한 국물 꽤나 진하겠다.

폐광촌의, 막막한 풍경을 두고 돌아서는 순간, 와르르 때아닌 코스모스가 8월의 햇빛 아래 흔들린다.

검은 땅, 검은 바람 아랑곳없이 무더기로 핀 탄좌 마을의 코스모스. '폐광지역 개발 특별법'이 제정된 이후 진행 중인 카지노 산업, 관광 휴양 단지 조성이 천신만고 끝에 활성화되어 또 다른 삶의 바람, 한 차례 불어올까?

가벼운 기대를 주는 참 맑은, 사북의 코스모스. (2000)

이모

이모 앞에서 울기를 끝내고 나니 별달리 할 일이 없었다. 빈소 앞에 빽빽한 화환에 눈길이 갔다. 빈소에서 제일 가까운 곳에는 보건복지부 장관이 보낸 흰 국화가 반달 모양으로 꽂혀 있다. 그 꽃바구니를 시작으로 세 단짜리 화환은 네 개의 옆방 빈소까지 채우고 현관 입구까지 길게 늘어서 있었다. 젊은 사람이 죽은 옆 빈소엔 아직 상을 알리지 않았는지 꽃이 없다. 나는 실없이 이모 앞으로 온 화환을 헤아리며 보았다. 아흔아홉 개 지나 백 개가 금 방 넘었디. 백 개의 화환 나는 꽃향기를 맡으며 살아생전 외롭기 만 했던 이모를 생각했다.

이모는 엄마에겐 외사촌 언니지만 우리 형제들은 결혼 전까지 이모와 함께 살았다. 이모는 우리가 결혼한 후로도 더 오랜 세월을 엄마와 친자매처럼 동고동락했다. 그러다가 인생의 마지막 오 년은 요양원 침대 위에서만 살았다.

"침대 위에서 병원 바닥까지의 거리가 이리 멀다니"

처음 이모가 요양원에 들어가셨을 때, 자주 하셨던 말이었다. 골다공증으로 여기저기 골절된 관절에 심을 박는 수술을 많이 했지만 이모의 정신은 언제나 맑았다. 그러나 삼 년을 침대 위에 앉거나 누워서만 산 이모는 어느새 뼈가 툭툭 불거졌으며 또록하던 총기도 다 사그라졌고 찾아오는 사람도 점차 줄어들었다. 나 역시도 지척에 있으면서 근처에 갈 일이 있으면 들렀지 부러 이모만 뵙기 위해서 간 적은 손가락을 꼽을 정도다.

이모가 우리 집에서 함께 산 건 내가 중학교 1학년인가부터였다. 길을 가다가 우연히 엄마와 만나게 된 이모는 그 며칠 후, 우리 집으로 왔다. 이모는 시숙이 국회의원 선거에 두 번 낙선한 뒤, 집안의 살림이 어려워진 탓도 있겠지만 아마도 작은이모와 함께 지내기가 불편했을 것이라 여겨졌다.

이모는 자식을 두지 못했다. 그렇지만 이모부가 자식을 보았던 작은이모의 다섯 자식은 모두 이모의 호적에 올라 있었다. 그때 우리 집은 동네에 하나뿐인 목욕탕을 하고 있었다. 이모는 아버지가 돌아가시기 전부터도 목욕탕을 관리하며 모든 일을 도맡아 했다. 온종일 카운터에서 돈을 받는 건 힘들고 어려운 일이었지만 이모는 그저 손님이 넘쳐나면 신이 나서 그 작은 몸을 흔들고 다녔다.

아버지가 돌아가시고 난 뒤, 우리 형제들이 결혼하고 부모가 되도록 이모는 엄마와 언니 동생 하며 서로 의지하며 지냈다. 그동안도 이모는 월급 조로 받은 돈으로 다섯 자식 학비를 댔다. 자식들 모두 공부를 잘해서 이모는 저절로 힘이 났다. 이모부도 다섯 아이도 자주 이모에게 다니러 왔고 그 덕에 이모의 자식과 우리 형제들은 가깝게 지낼 수 있었다. 가끔 작은이모도 놀다 가곤 했다.

천주교 신자인 이모는 주일이면 자잘한 주름이 잡힌 무릎치마를 입고 버스로 서너 정거장을 가야 하는 성당까지 한들한들 걸어가기를 좋아했다. 작은 키에 보기 좋은 살집을 가진 이모는 미인이어서 모두 입을 댔지만, 이모는 이모부 돌아가신 후로도 몇십 년 동안도 이모부만 그리워했다. 어쩌다 소주라도 한잔 하면, "그대가 날 버렸나 내가 그댈 버렸나요 아니야 아니야 천년만년 살자 하던 그대가 나를 버렸지" 하는 유행가를 즐겨 불렀다. 어린 나이에도 이모의 그런 모습이 애잔하게 느껴지곤 했다. 통이 크고 선이 굵었던 엄마의 성격 때문에 크고 작은 분란들이 목욕탕

근처에서 자주 일어났지만 때때마다 이모는 지혜롭게 일을 처리했다. 어린 우리는 엄마를 타박했지만 이모는 잘 따랐다.

엄마와 이모는 삼십 년을 함께 살고 헤어졌다. 이모가 따로 살림을 나갈 때는 젊은 엄마가 어지간히 가지고 있던 재산이 줄줄 어디론가 많이도 흘러간 뒤였다.

"언니야 마음만큼 챙겨주지 못해 미안해"

나는 엄마가 이모를 보내면서 우는 걸 보았다. 이모는 성당 옆, 방문을 열면 넓은 마당이 있는 집에 방을 얻어 기도 속에서 남은 생을 살기로 했다. 말이 헤어졌다뿐이지 이모와 엄마는 사흘이 멀다 않고 붙어 다녔다. 엄마가 병석에 있을 때, 이모가 애통해하던 건 말로 다 할 수 없었다. 함께 살며 친자매 이상의 사랑을 주고받았던 사촌 언니 동생의 정리는 남달랐다. 그 후 뇌졸중으로 쓰러진 엄마가 돌아가시고, 외롭게 살던 이모도 여기저기 아픈 데가 생겨 병원생활을 자주 오래 했다. 그럴 때마다 이모의 큰딸은 지극하게 이모를 살폈다. 다른 형제들은 멀리 떨어져 있는 탓도 있었지만 그렇다 해도 큰딸의 마음은 좇아갈 수는 없었지 싶다. 나는 여러 가지, 힘든 이모를 성당을 통해 어디 모실 수 없을까? 수녀원엘 찾아간 적이 있었다. 자식이 다섯이나 있어서 별 방법이 없었다.

"내 호적에 올리지만 않았어도 애들 고생은 덜 시킬 텐데 공연히 내 자식으로 만들어서."

　이모는 자식들 폐만 끼친다고 미안해하며 눈물을 보이기도 했다. 속으로 낳지는 않았지만, 이모를 살게 했던 자식들을 위해 이모는 늘 최선을 다했다.

　이모는 침상 위에서도 깔끔하고 야무지게 몸단장을 참 부지런히도 했다. 몇 년 동안 병실 바닥 한번 내려서지 못하고 산 세월은 얼마나 기가 찬지. 그래도 이모는 묵주를 돌리며 기도문을 외웠다. 결국에는 한평생을 암송한 기도문마저 잊어버렸을 때는 참 쓸쓸하기도 했다.

　"눈은 왜 뜨는 건지 모르겠다. 어서 가야 하는데"

　정신이 들면 이모가 입버릇처럼 하던 말이었다. 호적으로는 이모의 큰딸이지만 작은이모의 큰딸인 사촌 언니가 언제나 병든 이모의 삶을 간수했다. 두 엄마를 가진 사촌 언니는 효녀였다. 두 이모가 허구헌 날 '아야 지야' 해서 멀리는 서울까지 병원을 수시로 드나들었지만 싫은 내색을 보이지 않았다. 사촌 언니는 나보다 한 살이 많을 뿐인데 얼마나 그 품이 넓고 깊은지 가끔 놀라곤 한다. 나 같으면 두 엄마를 그렇게 잘 건사할 수 있었을까, 별로 자신이 없었다. 사촌 언니를 중심으로 그 동생들까지 정성껏 이모를 봉양했지만 세월이 흐를수록 이모는 외롭고 쓸쓸했다. 모두 한 집안의 부모가 된 턱에 제 가정 돌보기도 바빴으니 이모는 조금씩 밀쳐질 수밖엔 없었다.

　대쪽 같고 깔끔했던 이모의 마지막 몇 년은 적막강산이었다. 어쩌다 이모를 만나고 오면 그리 외롭고 누추한 것이 사람의 삶인 것을 확인해야만 했다. 처음엔 몸만 불편했지 정신은 맑기만 했는데 시간이 흐를수록 이모의 기억은 흐려졌다.

　병상 위의 오 년. 절대로 잊지 않고 무슨 일이 있어도 가슴에 껴안고 있던 큰딸마저도 이모는 서서히 놓아버리고 있었다.

　"누군데 어디서 왔노?"

　사촌 언니에게 하는 이모의 말은 애달팠다.

　"돌아가실 때 고생을 많이 했어."

　언제 왔는지 사촌 언니가 다가왔다. 영민한 눈에 슬픔이 가득하다. 어쩌다 한 번씩 만나면 함께 모시고 살지 못한 걸 늘 미안해하던 언니다.

　"근데 엄마 가고 나니까 무슨 꽃들이 이리 많이 들어올까, 꽃처럼 살아본 적 없는데 죽어 꽃밭에 눕는 게 무슨 소용 있을까. 이 꽃들이 엄마의 죽음을 더 외롭게 만드네."

사촌 언니의 말이 쓸쓸했다.

　"오늘 이 세상을 떠난 이 영혼 보소서. 주님을 믿고 살아온 그 보람 주소서."

죽어서야 꽃길을 밟고 갈 마리아 막달레나 이모의 영전에서 막 성가가 흘러나온다. 이모가 한평생 다녔던 성당의 연도 신자들이 부르는 위령가다.

"주님의 품에 받아 위로해 주소서"

사촌 언니와 나는 끝 소절을 낮게 따라 불렀다. (2010)

꽃을 찾아서

윤대녕 씨의 〈3월의 전설〉을 읽다가 산수유꽃에 체했다. 체기는 3월 들어 구례 산수유 마을, 다압면 매화 마을에 엎어지고 나서야 웬만큼 가라앉았는데, 백매 홍매 흩날리는 섬진강 언덕에 앉았자니 문득 몇몇 시인이 그리워졌다. 꽃보다 마음을 먼저 주며 강기슭을 어슬렁거리며 산다는 시인, 진메 마을 논틀을 잊을 수 없어 섬진강 가에 산다던 시인, 남도의 봄을 자전거를 타고 돈다던 소설가가 생각나서 강변마다 기웃거려 보았다. 하지만 찾을 길이 막연해 노래처럼 진종일 언덕길만 헤맸다.

나잇값 못하고 느지막이 화벽이 들어 남다른 전문 지식 없이 철쭉제, 복사꽃 축제, 고양 세계 꽃 박람회 할 것 없이 마음과 몸을 들쑤시고 다닌다. 몇 해 전에는 아파트 화단 음지의 범의 귀, 상가 입구 풀밭의 벌노랑이, 장산 숲 속의 노루귀, 지금은 사라진 수영강둑의 점나도나물 등을 채집하여 표본 하는 수선도 피웠다.

식물 누름판 대신 신문지에 양쪽으로 흡습지를 깔고 그 사이에 적당히 크기의 들꽃을 눕혀 돌로 눌러두고 5일에 한 번 정도 흡습지를 갈아주었다. 그렇게 해서 잘 마른 꽃들은 표본 대지에 붙여 날짜와 장소를 적고 겹쳐서 잘 보이지 않는 부분은 그림을 그려 보충하여 보관하였다. 그런데 하늘나리처럼 꽃이 크거나 종처럼 생긴 더덕, 모싯대 주걱비비추 같은 꽃들은 원형대로 표본 하기가 쉽지 않았다. 수분이 덜 빠져 파일에 누르스름한 물이 들거나 다 빠지니 아예 꽃과 잎이 분리되어 알아볼 수 없게 되었다.

몇몇 차례 표본에 실패하자 그것도 시들해져서 파일을 덮어버렸다. 이런저런 소양 없는 내가 함부로 꽃을 따 꽃들이 씨도 맺지 못해 식물이 사라지는 오류를 범하는 것보다 전문가들의 상세한 주석이 곁들인 책만으로 꽃 이름을 외우고 식별하기로 마음을 바꾸었다. 그래서 초보자인 내게 적당한 문고판을 들고 다니면서 그때그때 궁금한 꽃들의 이름을 책과 대조해보니 표본보다는 번거롭지 않으면서 훨씬 수월하게 꽃에 대한 눈썰미를 키울 수 있었다. 인터넷 들꽃 사이트에 찾아 들어가 보면 그 재미 또한 솔솔했다. 그렇지만 지금도 자신 있게 호명할 수 있는 이름은 몇 되지 않고 거의 긴가민가 싶은 꽃들이다.

이순원 씨의 〈아들과 함께 가는 길〉을 보면 작가가 아들과 함께 대관령 굽이굽이를 도는데 어린 아들이 일곱 굽이에서 그 굽이 끝날 때까지 들꽃이나 들풀 이름을 아버지에게 오십 가지만 대어보라는 대목이 있다. 유년을 대관령 고개에서 보내었던 작가가 줄줄 풀어대는 '구슬봉이, 미나리아재비, 개불란, 붉은자주나리, 애기똥풀, 댕댕이, 수절국' 그 착한 이름.

"황금초롱 별초롱 금강초롱은 같은 이름을 가진 풀들이니 한 가지로 통일시켜라."는 대목에선 쿡쿡 웃음이 나왔다. 나는 꽃 이름을 잘잘 내뱉는 작가가 부러웠다.

여름엔 일부러 달맞이꽃을 찾아다녔다.

박완서 씨의 〈티타임의 모녀〉 중

"어떻게 그런 어려운 꽃을 알고 있었을까? 그이가 알고 있었다는 걸로 나는 지금까지도 달맞이꽃이 민들레나 제비꽃보다 격이 높은 꽃이려니 여기고 있다. 그이가 들꽃에 유식한 걸 내가 좋아하는 것은 나보다 많이 아는 것 중에서 유일하게 나를 주눅들게 하지 않는 지식이기 때문이다. 뿐만 아니라 그이가 들풀을 좋아한다는 걸 알고부터 나는 그이와 더불어 할 수 있는 미래를 꿈꿀 수 있게 되었다."는 대목에 유치하게도 반해 두었기 때문이었다.

그렇지만 이 들 저 둑을 쏘다니며 암만 귀를 열어 봐도 달맞이꽃이 보이기만 할 뿐, 책 속에서처럼 꽃 터지는 소리는 들을 수 없었다.

들꽃이라 하면 조정래의 〈태백산맥〉에서 외서댁이 친정 사립문 앞에서 황홍색의 치자를 묶어내며 뿌려놓던 서럽던 꽃말들을 잊을 수 없어 지금도 가슴이 저민다.

"남달리 큰 젖가슴이 근심거리이던 처녀 시절에 그녀가 유달리 좋아했던 꽃이 봉숭아와 치자꽃이었다. 꽃이라면 어느 꽃이나 다 곱고 예쁘지 않을 수가 없었지만 꽃이라고 다 마음에 드는 것은 아니었다. 눈바람 속에서 제일 먼저 피는 진홍빛 동백꽃에서부터 찬바람이 비쳐서야 꽃망울을 여는 보랏빛 들국화까지 꽃은 헤아릴 수 없이 많았다. 그러나, 동백꽃은 한스러운 아름다움이 있었으나 그 나뭇잎이 너무 억세어서 싫었고, 작약은 흐드러진 큰 꽃송이에 넘치는 붉은 빛이 눈 시리게 고왔지만 어딘지 거만스러운 것 같아 친해지지 않았고, 연보랏빛 수선화는 꽃 모양도 특이하고 곧게 뻗은 진초록 잎새도 정갈해서 좋았지만 꽃이 너무 연약해 빨리 지는 것이 아쉬웠고, 진하게 붉은 칸나의 선명함도 마음을 시원하게 해주지만 턱없이 큰소리로 웃어대는 실없는 가시내 같이 마음에 닿지 않았고, 보랏빛 잔 꽃송이가 풍성한 덩이를 이루는 수국은 먼발치에서 보면 구름덩이 같아 가슴을 설레게 하지만 가까이 가면 쿠린 느낌의 향기가 역해 마음을 돌리게 했고, 마치 와와 소리치기라도 하는 듯 무더기로 일시에 피었다가 꽃샘바람을 타고 숨 자지러지도록 나부끼는 벚꽃의 그 지향 없는 슬픔이 가슴 저리게 했지만 일본 놈들의 꽃이라서 미움이 앞섰고, 땅바닥에서 반 뼘도 자라오르지 않고 연분홍꽃을 피우는 채송화의 그 앙증스러움도 귀여웠으나 그건 예뻐할 수는 있어도 이쪽 마음을 담을 수는 없었고, 장닭의 붉은 볏을 빼박은 맨드라미는 친근한 꽃이었지만 계절이 바뀌어도 시들거나 변할 줄을 모르는 그 둔감이 지루했고, 보랏빛 꽃망울을 열어 가을을 장만하는 것 같은 들국화는 그 외로움이 마음을 끌어당겼지만 한편으로 그 외로움이 앞으로 팔자가 될까 두려워 뒷걸음치게 했다."

그때 〈외서댁〉에게 마음이 움직여 친구에게 치자 화분을 선물했더니 두어 달 후 꽃받침이 갈라지며 하얗게 꽃이 피었다고 화신을 보내왔다. 친구와 함께 난생처음 치자 향을 맡으면서 키키득 대며 〈외서댁〉의 마음을 짚어보았던 그 후, 강산이 한 번 바뀌었지만 그때, 마당에 옮겨 심은 치자는 지금도 때때 맞추어 꽃을 피운다고 친구가 좋아해서 나도 덩달아 좋았다.

선홍색의 자잘한 마블, 피노키오, 비비안 홀뱃 같은 이국적이고 귀티 나는 개량 장미가 곱지 않은 건 아니다. 그런데도 던져두면 제 이름에 걸맞은 모습으로 피고 지는 들풀 들꽃에 화벽이 드는 건 아마도 내일에 대한 곰살맞은 기대가 없어서인 듯하다.

꿈이라곤 없는 사람에게조차도 꿈을 주는 들꽃의 무량함, 그 쓸쓸한 화품을 얻을 수 있다면 늦었지만 화치가 된들 어떨까 싶었다. 나는 밀양시 무안면 서가정 마을 뒷산에서 발견된 멸종 위기의 복수초 군락을 단단히 메모해 두고 수영만 꽃 축제에서 얻어둔 분꽃 맨드라미 씨앗을 파종해 보았다.

늦여름쯤엔 요행히도 안복을 누릴 수 있을지. (2000)

벽제와 두물머리

어둠

C는 벽제로 갔다. 눈 내리는 삼성동 학봉로에서 악수를 한 지 두 달 만이었다.

검거나 희거나 무명옷 입은 벽제의 사람들은 차례를 기다린다. 산 사람은 대기실에서, 죽은 사람은 안치실에서 보내고 떠날 차비를 했다. 시간이 지날수록 유족들의 마음은 급하다. 조문객들을 너무 오래 기다리게 한 게 송구스러워서이다.

산 사람의 스케줄에 죽은 사람을 애도하는데 많은 시간을 할애하는 건 예의가 아니었다. 누운 사람은 서둘러 이별하려는 산 사람 섭섭해할 심정이 없어 다행이었다. 처음엔 울며불며하던 상주들도 대기실 전광판에 영가의 이름이 반짝거려 순서가 돌아오면 웬만큼 기다린 터라 반가운 얼굴이 된다.

어떠한 이별이라도 짧고 아쉬워야 했다.

차례가 돌아오자 C는 봉안실에서 가족과 마지막 이별의식을 갖고 화장실로 미끌어져 갔다. 한 사람의 육신에 깃들었던 살점과 생각이 뼈로 분리되는 데는 두 시간이 걸린다고 했다. 유족들이 사라지고 있는 영가 마음으로부터 정리할 시간이 빠듯하다. 뜨겁거나 차가웠을 심장이 다비에서는 몸이 다 타고도 한참을 더 걸려야 연소된다고 하더니 화장은 그도 아닌가 보인다.

신체의 다른 부위에 비해 두어 시간은 더디 탄다는 심장. 그래서 사람들은 머리보다 가슴을 이성보다 감성을 얘기하는가.

기다리는 동안 납골당 조형물 안을 살펴보고 유택동산에 올랐더니 후둑후둑 황사가 심하다. 뼛가루가 묻어있는 투입구 주위로 새가 날고 풀은 제 초록이 아닐 텐데도 담담하다.

영혼이 자리할 육신이 없어도 사람들이 새. 풀로 돌아올 수 있는 행로가 있을까?

두 시간 후, 건장했었음을 헤아릴 길 없는 C의 뼈는 빛나던 이성의 집이었던 두개골, 따뜻한 감성의 집이었던 갈비뼈만 겨우

가릴 수 있을 정도로 잘 발라져 나왔다. 사람의 몸속 뼈도 적지 않구나 싶었다. 제법 많은 양의 뼈로 수거된 C는 분골실로 옮겨졌다. 드르륵…… 금세 재가 된다. *끄윽끄윽*, 유족들은 널처럼 쓸쓸하다.

　아버지의 흔적을 완전히 지울 수 없다는 어린 아들의 생각을 어른들이 따라, 유해 앞세워 산길 돌아돌아 납골당 가는 길, 구토를 참을 수 없어서 결별의 말 구토로 대신함이 이미 소멸된 C이지만 그래도 미안하였다. 시인의 말마따나 아름다운 세상 소풍 끝난 날, 벽제 산기슭엔 추억 같은 진달래 소리 없는 곡쟁이가 되어 몸으로 울며 피고 있었다.

빛

　C가 사라진 벽제를 떠나 두물머리에서 친구들을 만나니 두물머리의 밤은 벽제의 낮보다 환했다. 콘도 출입구 정면, 세 평 됨직한 모형 동산의 진달래처럼 경쾌한 아이와 어른들은 명랑했다. 삶은 늘 다양하게 우리 앞에 나선다.

친구들과 나는 메고 든 가방 던져두고, 오밤중 이적단체처럼 콘도를 빠져나와 강이 보이는, 낮이면 유치하고 꾀재째 할 카페에 앉아 세상사 낄낄거리고 흑흑대다 백세주 매취순으로 밤을 보냈다.

이른 아침, 투다닥투다닥 봄 진눈깨비가 창을 쳤다. 여정을 돋구는 진눈깨비다.

친구들의 속정이 듬뿍 담긴 요런조런 반찬의 아침을 단단히 먹고 청평 쪽으로 산을 끼고 달렸다. 진눈깨비는 어느새 전나무 소나무마다 한량없이 내려앉아 근사한 풍광을 연출했다. 봄눈 내리는 산고개. 차창을 내려 우리는 후욱후욱 들숨 길게 푸욱 날숨 짧게 쉰다. 어디서 나타났는지 삶이, 아름답게 살자고 손을 내밀었다.

계속되는 봄눈으로 더 이상 산으로 오를 수 없어 남양주로 돌아와 두물머리로 향했다. 오른쪽으로 그림엽서처럼 흐르고 또 흐르는 강물이 던져주는 오랜만의 낭만적 정서에 명치가 선들했다. 강변엔 촌부이거나 연인, 화가이거나 한 듯한 무욕무애한, 그러나 자신의 방식대로 질펀한 삶을 사는 사람들이 아지랑이처럼 따뜻해 보였다.

친구들과 나는 열차 시간 임박해도 엽서 같은 정감, 미감을 지나칠 수 없어 몸과 우정 함께 강물에 담갔다. 돌돌, 안식과 위안이 고여와 두물머리에서 우리는 강물이 되었다.

인생의 복병 같은 이별 뒤에 오는 느닷없는 만남은,
사람을 쓸쓸하지 않게 하는 삶의 선물이다. (1999)

어떤 父子

토요일 오후. 오랜만에 김해에 사는 친구 S를 만났다.
점심을 미처 먹지 못했다는 친구는 시장통 입구에 대구탕 집으로
갔다. 후딱 먹고 나올 요량으로 도로에 차를 세우고 식당에서 바
깥이 보이는 자리에 앉았다. 한참 이야기에 열중한 우리에게 다
가온 식당 아주머니가 차 주인이냐고 물었다. 대구탕을 채 한 그
릇 비우기도 전에 이미 주차위반 딱지를 얻은 우리는 바로 옆에
붙은 한정식당의 넓은 주차장을 보며 김이 샜다.

예상에 없었던 딱지를 딜있으므로 다음 차례는 가상 싸게 시간
을 보낼 수 있는 찜질방을 택했다. 가야 랜드를 끼고 달리다가 개
업을 한 지 얼마 안 되는 듯한 〈천문대 찜질방〉이란 건물 앞에 차
를 세웠다. 그런데 어찌나 사람들이 북적이는지 넓은 주차장을

몇 바퀴 돌아도 빈 곳이 없었다. 우리는 아무래도 편하게 쉬기는 적당치 않겠다 싶어 다시 돌아 나왔다.

길모퉁이를 돌아 왼쪽 산기슭에 〈가야 찜질방〉이란 간판이 보였다. 약간 허름해 보이는 분위기에 차가 한 대도 없는 것이 조용하겠구나 여기며 문을 잡아당겼다. 헌데 안으로 들어선 순간, 뭔가 수상한 감이 들었다. 장사하는지 마는지 싶을 정도의 다 낡은 집이었다. 어쩌나 잠깐 망설이는 동안 한 노인이 나타났다. 주인인가…

긴가민가 여기는데 할아버지가 입실 금액을 요구했다. 팔천 원. 다 떨어진 실내에 비하면 좀 비싼 가격이었다. 허리가 구부정하고 얼굴이 타 들어간 노인은 수전증이 있는지 덜덜덜 손을 떨며 거스름돈을 지갑에서 꺼내지 못했다.

"젊은 시절에 술을 많이 드셨나 봐요?"

"술요? 아 술이야 지금도 매일 마시요."

나는 할아버지 대신 거스름돈을 꺼내 챙겼다. 누렁니가 듬성한 노인은 여든다섯 살이며 찜질방은 아들 것인데 둘이 함께 운영한다고 덧붙였다.

"아드님 연세는 어떻게 되세요?"

"아, 아직 장골이요. 이제 예순셋이요."

탈의실로 들어서니 한겨울인데도 아예 불을 넣지 않았는지 냉골

바닥이었다. 다 해진 담요만 덜렁 던져져 있고 편의시설이라는 것은 찾아볼 수가 없었다.

탈의실이라는 게 칠이 다 벗겨지고 문짝이 달아난 옷장 하며 마룻바닥은 장판이 떨어져 나가 볼썽사나웠다. 욕실 또한 조잡한 타일에 수도꼭지만 달랑 달렸고, 다섯 명도 꽉 찰 듯 비좁은 가정집에도 못 미치는 수준이었다. 산비탈과 바로 이어진 욕실 창문의 어긋난 틈새로는 바람이 수북수북 밀려와서 을씨년스러움을 더해 주는 참으로 한심한 실내였다. 세상에, 우리는 억지로라도 로맨틱하다 치기로 했다.

옷을 갈아입고 어두침침한 미로를 따라나섰다. 통로 중간쯤에서 처음 만난 노인보다는 키가 크고 삐죽 마른 남자가 숫기 없이 어정쩡 웃어 보였다. 아들 주인인가 본데 노인의 말과 달리 약골처럼 보였다.

"손님이 아무도 없나 봐요?"

"그렇소. 조용해서 쉬기는 까딱없소. 다음에 올 때는 요금이 오늘보다 싸요."

우리는 다음이라는 말끝에 풀쑥 웃음이 나왔다. 두터운 천막으로 겹겹이 둘러쳐진 황토방은 남극의 이글루 같은 형태였다. 어느 방이 좋을까 골라보려 했지만 선택의 여지가 없었다. 두 방에만 불을 땠는데 미지근한 것이 고온이나 저온이나 꼭 같았다. 나머지 방에는 커다란 장작으로 막아놓아 못 들어가게 해 두었다.
찜질방 안에 있으니 한 가지 좋기는 했다. 아주 적막하고 고즈넉
한 것이 강원도 어디쯤인가 먼 산천에 온 듯, 세상이나 문명과는
동떨어진 적멸보궁 속에 들어앉아 있는 느낌이 들었다.

　겨우 몸을 덥힌 후, 잠깐 천막을 들추고 나왔더니 아버지 되는
주인장이 좁은 골목 같은 어두운 통로를 다니며 청소를 하고 있
었다. 흩어진 슬리퍼와 비뚤어진 낡은 의자를 바로 하면서 손대
지 않아도 좋을 것까지 애처로운 몸놀림으로 구석구석 치웠다.
그 모습이 슬픈 그림처럼 보여서 나는 잠깐 노인을 지켜보았다.
등이 기억자로 구부러지도록 일해도 만만찮았던 일생이었구나.
노인의 삶이 한눈에 들어왔다.

　얼마나 시간이 지났을까, 한 가족이 더 들어왔다. 두 아들 내외
와 함께 온 노모는 주인 부자를 싸잡아댔다. 어찌 이런 시설로 손
님을 맞느냐, 박쥐도 도망갈 시설을 가지고 왜 그리 비싸냐, 서비
스 직업인데 카운터에서부터 두 늙은이가 지킬 건 뭐냐, 어째 이
런 누추한 곳으로 나를 데려왔느냐, 노모는 시종일관 자신의 아
들에게도 면박을 주더니 이내 가족을 끌고 나가버렸다.

　S와 나는 처음의 미심쩍은 심정과 달리 꽤 평안한 마음이 되었
다. 우리는 권정생의 〈우리들의 하느님〉과 이오덕의 〈살구꽃 봉
오리를 보니 눈물이 납니다〉를 바꾸어 가며 읽다마다 자다마다

너끈히 세 시간을 보냈다. 두터운 장막 바깥으로 이따금 아들의 아버지 되는 주인의 슬슬 거리는 걸음걸이를 느낄 뿐, 그야말로 한적한 주말의 놀음이었다.

웬만큼 시간이 지나 어둑하겠다 싶어서 옷을 갈아입으려고 탈의실로 갔다. 탈의실이 캄캄했다. 휴게실 쪽에서 우리 목소리를 들은 아들 주인이 삼십 촉 자리 백열등을 켜서 칸막이 너머로 넘겨주었다. 손님이 없을 땐 아예 소등을 하는가 보았다.

부자는 희미한 휴게실 불빛 아래에서 텔레비전을 보는 중이었다. 마침 남북교류 음악회가 방송되고 있던 참이라 우리도 그 옆에서 같이 보았다.

"안주인들을 여기 안 오시나 봐요?"

"안 나오는 게 아니고 나올 수가 없소. 두 사나 버려두고 차례로 저승 간 지 몇 해 됐소. 한 여편네라도 있었으믄 찜질방이 요꼴이겠소? 안사람들 있을 때는 수입이 짭짤했소. 근처 비알에서는 알아줬소."

아들 주인의 말에 아버지가 흘흘 웃음을 흘렸다. 한때나마 호시절이 있었던 세 다행이었다. 나는 어쭙잖아도 찜질을 해서인지 목이 말라 휴게실 구석에 있는 자판기에서 커피를 뽑았다. 한 모금 넘기니까 웬걸 커피 맛이 아닌 그냥 미지근한 맹물이었다.

"아! 그게 고장이요. 카운터에서 한잔 태워 먹을라요?"

"이거면 됐어요."

S와 나는 나와 헐벗은 나무 아래에서 맹물을 커피처럼 마시며 하늘을 올려보았다. 늙은 부자(父子)가 잠든 〈가야 찜질방〉 지붕 위에 송송 별들이 떠올랐다. (2007)

抒情의 나무

팔 년 전, 새벽 산책길에서 그와 나는 동시에 눈길을 교환했다. 그날의 눈 맞춤 이후 허드렛일을 하다가도 아무렇게나 던져진 재킷을 걸치고 나서도 만날 수 있는 그에게 나는 안착의 기쁨을 느끼곤 했다. 어쩌면 깊은 초록과 수천 장 햇볕을 단 그에게 내가 먼저 아양을 떨었는지 모른다.

별 같은 도라지꽃, 참깨, 옥수수밭을 지나 나이가 쉽사리 가늠되지 않는 큰 키의 그를 꼰지발로 올려보며 늘 내가 먼저 그를 안았다. 그러면 그는 굳은살 박힌 몸으로 나푼나푼 나를 안아주었다. 은성한 초록의 포옹은 봄 강물 같아 나는 그와의 포옹을 즐겼고 이따금 더욱 건장하였을 그의 청춘을 그리워도 했다.

오랜 세월 보내면서, 그로부터 나는 바람의 양, 햇볕의 세기에 맞추어 농담을 조절해가며 물성에 따라 정직하면서도 은밀하게 자신을 지키는 신념이 있는 자유로운 삶을 현실과 배합하는 높은 자정능력을 배웠다. 무엇보다 지적의 강가에서 물비늘 가득한 그의 냄새를 맡으며 나누는 여명의 사랑이 가벼우면서 단단한 일상을 내게 열어주었다.

그러던 지난해부터, 두런두런 대던 소문은 그와의 이별을 예감케 했다. 여름이 끝날 쯤에는 아파트 관리소의 게시판, 스피커를 통해 푸르른 그의 이름이 나붙고 흘러들었다. 그와 헤어지고 나면 이내 가을이 올 터였다.

이별의 날이 확정되어 공고되던 날. 시끈벌떡 대는 사람들의 술렁임으로 보아 나만 아니라 많은 사람이 그와 사랑하고 있었음을 알았고 사람들이 마음을 내는 종류는 비슷하구나, 하고 느꼈다.

결람된 시위대 틈새에서 난생처음 전민련처럼 옥양목 어깨띠 두르고 '개발 결사반대' 패널을 올리고 내리고 했다. 누구라도 녹색의 영토를 지킬 수 있으리라. 는 기대는 처음부터 걸지 않았다.

나무를 지키기 위한 몸싸움 싸움 보면서 나는 생각했다.
'세상의 모든 것들은 시기가 있구나, 생각이 간절하면 생각으로 결락지우면 안 되겠구나.' 오래전 나무의 적처럼 힘이 있지도 않았을 모든 물상과의 이별에 비껴 서 있었음이 어리석어 왔다. 소망으로 둔 채, 보내기만 했던 것들을 생각하며 늦은 감이 있긴 해도 마음에 자라는 것, 지키는 행위를 해야겠어서 땡볕에서 몇 차례 개발 반대시위에 참가했다. 횟수가 거듭할수록 단추처럼 한 사람씩 툭툭 떨어져 나갔다.

두어 달 지나 나무와 시위대는 다수의 무관심에 힘입은 세에 예상대로 패배를 당했다. 적이 바깥에 있기보다는 통상 내부에서 똬리를 틀고 있음을 엿보았다. 결과를 확신하고 있었으므로 아프긴 했지만 나무들에게 덜 미안했다. 결락지어진 것도 아닌데 그냥저냥 보내버린 것들을 생각하면.

가을 들어, 창 너머 즐비한 나무들의 주검을 보고 나는 시니컬해졌다. 돌아오지 못할 유지매미의 후손, 숲 속의 산책, 효율적 지름길이 되지도 못할 신작로들로 뒤숭숭함이 아니라, 나무와 나누었던 서정적 교감의 상실 때문이었다. 태성이 그렇기도 했겠지만 건조하기 십상인 나이에 나무는 내 서정의 온전한 실체였다.

봄나무에 꽃 있고
여름나무에 잎 있고

가을나무에 열매 있고

그리고 겨울나무에 위로 있던

나무가 떠난 자리, 거대한 뜰채 같은 골프 망이 자랑처럼 더풀
더풀 거리고 있다. (1999)

큰언니

　서울의 큰언니가 소포를 보내왔다.

상자가 꽤 큰 데 비해 무게는 그다지 느껴지지 않았다. 뭘까, 포
장을 뜯는 동안 웃음이 돌았다. 큰 언니가 심심찮게 보내오는 소
포의 물류는 다양하다.

　식품으로는 태양초 고춧가루, 토종 벌꿀, 잣, 다시 멸치, 참기
름, 은행 등 모두가 시장에서 쉽게 구입할 수 있는 것들이지만
큰언니는 보내준 사람들의 지극한 정성을 생각하며 먹어라 당부
한다.

　식품은 아들을 군대 보낸 어버이들이 부대에 면회 올 때나 제대
할 때 자식을 늠름한 사내로 잘 키워주어 고맙다며 사단장인 형
부에게 건네주었던 선물들이다. 강원도 먼 산골, 전라도, 남해에

서부터 소중히 안고 오는 부모님들의 마음을 헤아려 가며 한 톨도 예사로이 대하지 말라, 몇 번씩 덧붙이는 말을 큰언니는 빠뜨리지 않는다.

이상한 것은 음식 맛이다. 음식 솜씨가 시원찮은 나인데도 언니가 보내준 재료로 음식을 만들면 식구들은 하나같이 맛있다고 한다. 평소 김치라곤 잘 먹지 않던 가족들도 호호거리며 먹어대고 노란빛이 도는 다시 멸치를 우려 된장국을 끓이면 모두 한 마디씩 거든다. 누구든 몸살기가 있을 때, 꿀물 한 그릇 마시면 툴툴, 몸을 털었다.

돌아가신 어머니는 큰딸이 보내준 토종 잣으로 끓인 고소한 잣죽을 즐기셨다. 치매 예방에 좋다는 은행은 식사 후 일곱 알씩 볶아 드렸는데 정신 맑은 자식들 입으로 더 들어갔다. 아마도 동생들을 생각하며 손끝에서 매만진 큰언니의 정성이 음식 맛을 돋웠지 싶었다.

의류로는 바지, 티셔츠, 잠옷, 한여름을 날 수 있을 만큼의 민소매 티, 반바지, 모자, 철에 맞춘 수십 켤레의 양말, 샌들, 이불 홑청 등이다. 옷들의 무늬는 거의 꽃이다. 큰언니만큼 꽃무늬를 좋아하는 이도 드물 듯싶다. 우리 집 프라이팬이 수명이 다 되었을 때쯤을 짐작해 크고 작은 순서대로 프라이팬을 몇 년째 들고 나타나기를 거르지 않는다.

식구들 챙겨줄 것도 많을 텐데 백화점 티켓은 물론이고 이런저런 용도를 붙여 금일봉도 송금하고, 강북에 있는 아파트 재개발 보상금 나올 거란 이야기도 빼놓지 않는다. 아버지 묘 이장해 어머니와 나란히 모신 것으로 큰딸 노릇 끝났으려니 했지만, 어머니 첫 기일 지난 지금까지 병환 중일 때 수고했다며 적잖은 동생들 일일이 챙겨준다.

큰언니는 대학 졸업하던 해 결혼을 해서 군인인 형부를 따라 양구, 조치원, 안동, 진해, 등 여기저기 떠돌이 생활을 했다. 자매의 정을 자분자분 주고받을 기회가 자연히 줄어들었다. 큰언니라고 해도 다섯 형제의 터울이 십 년 안에 들어있어서 모두 또래이다. 그런데도 큰언니는 동생들에게 돌아가신 어머니처럼 마음이 든든하다.

어느 날인가 앞뜰에 핀 나리꽃을 보고 지었다면서 '나리꽃'이나 '남반구 동생들'이란 시를 전화기를 통해 한창 읊어줄 때도 있었다. 나는 전생의 무죄를 호소하기 위해 나리꽃이 제 몸을 확 뒤집어 피었다든지 부산을 남쪽이라 하지 않고 남반구라 지칭한 큰언니의 문학적 사고가 그럴 듯하게 여겨지기도 했었다.

"세상에 어떻게 그리 내 마음을 쏙 표현했는지 몰라. 마음이 찡하는 거 있지."

장사익의 찔레꽃을 듣고 견딜 수 없더라고 큰언니는 알려왔다. 꽃노래라서 언니의 마음을 흔들어 놓았을 게 뻔했다.

그런 것 같다. 큰오빠, 큰언니, 큰아들, 큰 올케, 큰어머니, 큰아버지, 큰삼촌, 큰집들은 작은오빠, 작은언니, 작은아버지, 작은집 등에 비해 글자 모양도 미덥게 보이고 소리내어 봐도 울림이 깊은 듯하다. 맏이의 마음, 맏이의 그늘은 크고도 넓다.

소포 꾸러미를 풀어보니 제법 비싸 보이는 밤색 모직 코트가 들어 있다. 코트를 펼치자 툭 메모지가 떨어진다.

"엄마가 안 계시니 겨울이 더 추울 거야. 털은 붙였다, 뗐다, 편한 대로 입으렴."

아직 노총각인 동생이 큰언니는 늘 마음에 걸리나 보다. 큰집과의 왕래도 뜸해지고 큰언니, 큰오빠도 점점 줄어드는 시절, 맛난 음식, 고운 옷, 건강식품을 보면 가지가지 챙겨주는 큰언니를 가졌다는 건 참 행복한 일이다. (2002)

안녕히 가세요

어머니 가시자 꽃샘바람이 잦아들었다.
생전에 좋아하시던 꽃피는 봄 3월,
올 봄엔 어머니 없이 살구꽃 보겠네,
그리움으로 몸이 젖어든다.

안녕히 가세요

　산청에서 출발한 1박 2일의 지리산 숲길을 끝내고 막 식당에 앉았을 때였다. 박경리 선생님께서 고인이 되었다는 텔레비전 자막 위로 그분의 웃는 얼굴이 가득 찼다.

　나는, 가슴이 내려앉았다. 남몰래 품고 지냈던 연인의 죽음을 당한 듯 어쩔 줄을 몰라 했다. 다만 문학 언저리를 서성거렸던 연유가 그리 큰 낙담을 주었을까. 뭔가 쑥 빠져나가는 느낌. 친구와 나는 산청에서 진주로 가서 다시 통영 가는 시외버스를 탔다. 임시 분향소가 마련되었다는 선생님의 고향 통영 문화마당으로 가기 위해서였다.

　나는 세 번 원주의 토지문화관에 갔었다. 두 번은 문화관에서 여섯 달째 숙식을 하고 있던 선배를 만나기 위해서였고 한 번은 작가와의 만남 프로그램에서 윤대녕 씨 이야기를 듣기 위해 문화관을 찾았다.

박경리 선생님을 뵌 것은 짧은 순간이었다. 늦봄, 문화관 3층 방 너머 내다본 텃밭에서 머릿수건을 덮어쓰신 모습을 보았고 신구관을 이어주는 다리 난간에서 부딪혔다.

"안녕하세요."

나는 선생님에게 짧은 인사말을 건넸을 뿐이었다. 첫사랑을 만난 듯 마음이 얼마나 두근거렸던지.

"열심히 쓰세요."

선생님은 고개를 크게 끄덕이며 손을 잡아 주셨다. 사람이 여든에도 그리 환할 수 있다니. 정말 환했다. 하동의 토지 문학제에서도 해를 걸러 두 번 뵙기는 했다. 최참판 마당에선 제법 긴 시간 선생님의 말씀을 들었다.

선생님은 겉보기와는 달리 목소리가 가늘고 여렸다. 말씀에 깃들어 있던 겸양과 격조는 절로 우러났다. 언제부터인지 모르지만 나는 그분을 사랑했다. 어디 나만 그랬을까. 원주에 머물렀던 선배는 더했다. 선배는 문화관을 떠나면서 선생님께 꼭 필요한 게 뭘까, 고민하더니 낮잠 주무실 때 좋겠다고 메밀 베개를 생각해내곤 좋아라 했다. 선배는 선생님 소식을 미국에서 듣고는 메일을 보내왔다.

'내 삶이 문학에 발을 담갔다고 보면 원주에서의 봄여름은 문학이 준 아름다웠던 선물이었다.'는 선배는 선생님께서 만들어 주셨던 장아찌, 여러 가지 나물의 맛을 떠올리며 그분을 그리워했다.

시외버스 터미널에 내리니 분향소 안내 현수막이 보였다. 긴 시간 지친 우리는 택시를 탔다. 택시기사는 배낭 차림에 사투리를 쓰는 우리를 초행길이라 넘겨짚고 지름길 두고 한참을 둘러서 중앙시장 앞에 내려주었다. 경우에 어긋나는 것 지나치지 않는 친구가 말했다.

"기사 아저씨, 오늘 박경리 선생님 덕 본 줄 아세요."

기사 아저씨는 무슨 말이냐는 표정을 지었다. 중앙시장 맞은편 문화마당 분향소는 쓸쓸했다. 몇 명의 관계자들이 선생님의 영정을 지킬 뿐이었다. 친구와 나는 흰 국화를 한 송이 받아들고 영전에 머리를 조아렸다. 어머니를 보내는 듯 눈물이 났다. 나는 속으로 긴 인사를 하고 '안녕히 가세요' 짧은 말을 방명록에 남겼다. 그래도 여행 중인 게 다행이었다. 집에 있었더라면 마지막 인사도 드리지 못했을 텐데.

집으로 가면 통영이 고향인 J 선생님을 만나야겠다는 생각이 들었다. J 선생님은 예전에 박경리 선생님에 대한 많은 이야기를 들

려주시곤 했다. 봄밤, 그분의 사랑과 문학 이야기를 하며 '안녕히

가세요' 작별의 인사를 드리고 싶다. (2008)

오무 이야기

해가 떨어졌나 싶었는데 금세 머리 위에 별이 떴다. 내륙의 깊
숙한 산속이라 그런지 유독 맑고 창창한 겨울 하늘이다. 길을 잃
고 있었지만 어깨를 맞대고 빛나는 별을 그냥 지나칠 수 없어 친
구와 나는 길 위에서 시간을 지체하였다. 잠깐 별과 노닥거리는
동안 사위는 완전히 깜깜해졌다. 수비면 수하리 푯말을 보고 왔
건만 금세 길을 잃어버렸다. 우리는 먼 데 불빛이 새어 나오는 외
딴집에 가서 물어 겨우 수하 청소년 수련원 입구의 길을 찾았다.
어찌나 깊고 험한 길인지 사람과 차가 연방 퍼질 판이었다. 아무
래도 더는 갈 수 없을 듯해서 내려보니 바로 앞에 개천이 꽁꽁 얼
어 있다. 무리를 했다면 십중팔구 사고가 났을 게 뻔했다. 우리가
선 곳은 송방이었고 다음 길이 퇴적층의 시간과 화석 같은 추억

이 있다는 오무였다.

우리는 날이 밝으면 오무에 가기로 하고 수하 계곡에 바짝 붙은 큰 개울가 불빛이 희미한 민박집으로 들어선다.

"날이 워낙에 추워 방이 더워 오려면 서너 시간은 족히 걸릴거라우."

민박집 할아버지가 손님이 없는 겨울이라 방이 죄다 냉방이라서 자기가 어렵다고 곤란해 하셨다. 낭패인 쪽은 할아버지보다 우리였다. 어둠 속에서 더는 물러날 곳이 없었다. 우리가 차에서 기다린다고 하니 할아버진 마지못해 방으로 들어오라 하셨다. 한 평이나 될까, 할아버지의 방은 낡은 고리짝과 로터리 텔레비전, 다이얼 전화기 한 대가 전부였다.

할아버지는 언 몸을 녹이라며 우리의 다리 위로 국방색 담요를 덮어주고 방을 나가셨다. 그런데 옥 장판 위에서 몸의 한기가 가시는 동안 어쩐 일인지 마음속으로 적막감이 감돌았다.

'사람이 오래되다 보면 이렇게도 살 수 있구나'

친구의 심경도 그런지 나를 보며 웃어 보였다. 오가는 이도 없는 깊은 산골에 다만 혼자인 팔순의 노인, 창에 비쳐든 달빛과 황소바람.

"늙은이 혼자 끓여 먹는 밥이라 찬이 없어 미안시럽니더."

잠깐 사이, 할아버지는 우리 앞에 따뜻한 밥상을 차려 주셨다.

군데군데 칠이 벗겨진 둥근 양은 상엔 큼직하게 썬 무가 들어간 고등어 찌개, 꽁치 조림, 어묵 볶음, 굴김치가 먹음직스러웠다. 이 산골에 웬 갯음식이냐고 여쭈니 수원에 사는 며느리가 내려오면 한동안 먹을 만큼 충분히 준비해 두고 간다 하셨다. 아들 내외는 초여름 들어 민박 손님이 많을 때 내려와 가을이 시작되면 떠나는데, 여름 한 철은 벌이가 좋은 편이라며 할아버지는 여물 여물 소처럼 웃으셨다.

친구와 나는 세 그릇의 밥을 번갯불에 콩 볶아 먹듯 나누어 먹었다-할아버진 밥을 한 공기씩 담아 며칠 분을 층층으로 밥통에 넣어 두셨다-. 설거지를 하러 부엌에 들어갔더니 부엌이 아낙네의 손끝처럼 깔끔했다.

'사람은 제 처지에 맞추어 다들 고만고만 살아가는 방식을 만들어 내는구나.' 마음이 바스락거렸다.

설거지를 마치고 중문을 나서니 지난여름에 팔다 남았을 과자, 음료수들이 반다지 위에 가득하다. 맥주와 가나 초콜릿, 쥐치포를 챙겨 마당으로 나섰더니 숨이 막힐 정도로 매운바람이 몸을 때린다.

주위를 살펴도 보이는 것이라곤 빈 나무들과 평상, 얼어붙은 개울과 하얀 똥개 세 마리뿐. 모두 달빛을 걸쳤지만 어둠과 맹추위 탓인지 처연하기만 했다.

할아버진 사람이 그리웠든지 방이 어지간히 더워졌지 싶은데도 이야기보따리를 풀고 또 풀었다. 일본 강점기 시절, 미쓰비시에 근무하여 죽을 고비를 넘기고 어느 전선에서 사투를 벌였던 이야기, 몇십 년을 엊그제 일처럼 말씀하시며 회한에 젖으셨다. 길고도 험한 삶을 참 다부지게도 살아내신 어른이었다. 방을 나서는데 수원에 산다는 손자의 전화가 왔다. 우리를 향해 웃는 할아버지의 웃음에 자랑이 엿보였다. 할아버지의 염려와 달리 방은 쩔쩔 끓어 데일 지경이었다.

할아버진 외로웠던 게 분명했다. 빨강 노랑의 다우다 이불을 몇 겹으로 깔고 우린 오무 쪽으로 머리를 두고 누웠다. 새벽녘, 할아버지 방의 텔레비전 뉴스 소리에 눈을 떴다.

밖은 아직 어두운 기색이었다. 친구는 땀을 빨빨 흘리며 아직 자고 있다. 개울가에 서니 먼 산꼭대기서부터 희미하게 새벽이 밝아왔다.

"날이 꼭 염병할 듯 춥구만요 살은 꽁꽁 감추고 가야하니더. 보상 문제가 끝나면 수몰되고 말 마을이니 단디 살펴보니더."

할아버지가 건네주신 귀마개 모자를 쓰고 단단히 중무장을 했다. 그런데 댓돌 위에 벗어둔 부츠가 보이질 않았다.

"저놈들 짓거리구만요. 내가 적적하다고 아들놈이 윗마을에서 두 마리를 사다 주었니더. 밥 주고 똥 치우기가 번거롭건마는 개

주인이 며칠 뒤에 개 값을 너무 비싸게 쳤다고 한 마리를 더 놓고
갔니더."

개 주인 덕에 형제가 함께 모여 사는 똥개 세 마리는 지지리도
닮아서 우리는 한참을 웃었다. 내년 삼복에는 중개가 될 견공들
이었다. 오무 마을로 가는 길은 지난여름, 수해로 인해 많은 길이
유실되거나 끊겨 있었다. 끊어진 길은 이어서 찾아가면 되겠는데
견딜 수 없는 건 산을 타고 내려오는 칼바람이었다. 올 겨울 들어
최고의 혹한인 양 했다. 너무나 추운 나머지 우리는 머리를 숙인
채 숨만 겨우겨우 쉬며 잰걸음을 쳤다. 얼마나 걸었을까, 간신히
바람이 한풀 꺾인 곳에서 고개를 드니 아득한 산촌이 산허리에
걸려 있었다.

머잖아 영 사라지고 말, 서정의 옛집들, 고갯마루와 서사시처럼
기다란 산길이 신기루처럼 나타났다. 찬 겨울 산아래 드문드문
떨어져 앉은 남루한 초가들이 주는 정감. 우리는 조금 전까지도
까무러쳤던 한파 따위는 아랑곳없이 몸과 마음을 오무 쪽으로 열
었다.

'십여 년 간 머슴살이 하도 서러워 진달래꽃 안고서 눈물'졌을
바위고개를 지나서 '그 어느 산 모퉁길에 어여쁜 님 날 기다리는
듯' 우리는 얼른 오무로 들어갔다.

산모퉁길에서 처음 맞닥뜨린 집은 사람이 살 것 같진 않았다.

사람이 산다고 하기엔 연방 내려앉을 듯싶게 다 허물어진 초가였다. 삽짝문을 밀치고 들어가니 굴뚝에서 여릿여릿 연기가 올라오고 있었다. 반가움에 부러 인기척을 내보았다.

"이 집도 저수지 속에 파묻힌다니 막막하구만요. 우리 농부 살이야 풀뿌리와 어금버금하니더."

장대처럼 길쭉한 아주머니의 말에 바람이 잔뜩 묻어 있었다. 산허리를 담장처럼 두른 오무의 윗마을까지 가는 산길과 들은 황량했다. 몇 안 되는 마을 사람들의 생계나 오지가 주는 옛 정서를 간직하려는 마음쯤이야 개발에 무슨 걸림이 될까,

"맨발이라 춥구만요."

알록달록 꽃버선을 신고 나온 할머니는 사람이 그리웠던지 온갖 말씀을 하셨다.

"영감이 망령들고 수족을 못 써 자리보전한 지 10년째니더. 환자라고 조석 거르는 경우가 없지라. 출가한 자식들은 에미 김치 맛있다고 꼭 김장을 여기서 해 가니더. 열여덟에 영양에서 시집와 여직 살았으니까 오무 귀신이니더."

조심조심 방문이 열리며 허수아비 같은 할아버지가 얼굴을 내밀었다. 밀랍처럼 굳은 얼굴이었다.

'수십 년 전 홍안의 저들도 별을 꿈꾸며 치열하게 살았겠지. 이렇듯 어처구니없는 내일을 맞을지 어찌 알았을까? 오무의 사람

들은 어쩐지 모두 풀과 같구나, 생김과 말투와 그들의 인생이 그저 풀처럼 돋거나 사라지는구나' 싶었다. 친구와 나는 외부와 단절된 채, 오직 하늘과 산을 이고 누운 오무의 담벼락에 등을 기대었다.

저만치 처마 밑에 주검 같은 영감 밥상에 올릴 무시래기가 햇빛을 받아 반들거렸다. 머잖아 봄이 되면 황량한 오무의 산길과 들녘마다 꽃이 피리라. (2004)

그리운 뱃길

나는 일 년에 두세 차례는 통영을 찾는다. 특별한 연고는 없지만 그저 통영이 좋아서이다. 예전엔 마산을 거쳐 고성을 지나야 갈 수 있었던 통영도 거가대교 개통 후, 거제도와 통영으로 가는 사람들은 편하면서도 운행시간을 대폭 단축시켜주는 8.2km의 거가대교를 이용한다.

굳이 국도를 고집하진 않는다. 그 결과, 지난해 부산 연안여객 터미널에서 거제도의 고현항, 장승포항, 옥포항으로 하루 네 번 운항하던 배가 운항을 멈추었다. 게다가 지난달엔 부산과 제주를 운항하던 배마저 중단되어 연안여객 터미널도 무용지물이 되어 연안부두에서 울리던 기적 소리도 영영 즐길 수 없게 되었다.

뱃길이 사라져가는 것을 안타깝게 여긴 한 시민이 부산 제주 간

여객선 운항을 재개시키는 노력을 벌이고는 있지만 제주항은 배가 정박하기엔 부적당해 난항을 겪고 있다고 한다. 배가 끊기자 당장 물류이동에도 큰 문제가 되는 것도 풀어야 할 과제가 되었다고 들었다.

사실 나는, 거가대교의 착공이 국책사업으로 떠들썩할 때도 별로 달갑진 않았다. 그저 좀 둘러 가면 어때서 저 푸른 바다 위에 웅장한 다리를 세우려 드는 걸까? 생각했다. 참 대책 없고 미래지향적이지 못한 생각이지만 정말 그랬다. 세계 최초 최장의 침매터널로 수심 48m까지 내려간다는 거가대교보다 작은 시내를 건너는 다리나 이 강과 저 강을 간신히 이어주는 낡은 다리 같은 것을 오히려 좋아했으니 스스로도 답답하다 여겨졌다. 시간이 금이니만큼 대교 하나 세우면 경제적 이익이 얼마나 창출되는데 그것을 고작 아날로그적 생각만으로 해석하니 참 딱하기도 하다.

그렇지만, 지금도 통영을 갈 때면 가끔 고성을 거쳐 간다. 물속 48m의 터널을 달리는 거가대교라 해도 차가운 시멘트 속만 빠르게 달려야 하는 것보다 낯익은 동전 터널도 지나고 국도변의 멋들어진 가로수와 들판, 멀리 언덕 너머 보이는 수녀원도 바라보며 시나브로 운전을 하는 즐거움도 썩 좋기 때문이다.

문명의 뒤로 서둘러 사라져 가는 뱃길. 유독 뱃멀미가 심했던 나는 자취를 감추는 뱃길에 대한 아쉬움에 희미한 추억 하나 떠올려본다.

중학생 때부터 가까웠던 H는 대학을 졸업하기 전 결혼을 했다. 워낙에 열애였던 탓에 애인과 잠시라도 떨어지기 싫었던 것 같기도 했다. H는 결혼하면 거제도의 고현읍에서 살아야 한다고 했다. 남편이 조선소에서 근무하게 된 까닭이었다. 당시만 해도 거제도는 낙후된 외딴 섬처럼 여겨졌던 시절이라 친구들은 모두 걱정을 했다. 그래도 H는 희희낙락 거제도에서 행복하게 살며 첫딸을 낳았고, 일 년 후 딸의 돌이라고 소식을 전했다. 친구들은 이때다 싶어 2박 3일 일정으로 거제도로 가기로 했다. 그런데 완고하기 이를 데 없는 S의 아버지가 딸의 거제도행을 허락하지 않아 출발에 문제가 생겼다. 참으로 오랜만에 설레는 마음으로 계획했던 여행이 무산 될 참이었다. S의 아버지는 서면 중심가의 꽤 큰 덕화장 여관의 주인이었다. 아마도 가끔 여관에 드나드는 젊은이들을 보고 처녀들끼리 배를 타고 거제도까지 가는 게 걱정이 되었던 듯했다. S는 친구들의 실망을 보면서 고민 끝에 결단을 내렸다. 아버지가 일어나시기 전, 새벽에 집을 나와 배를 타면 된다고 했다. 어머니께 뒷일을 부탁하는 수밖에 별 방법이 없으므로 우선 배를 타고 보자는 것이었다.

그때로선 대단한 모험이었지만 우린 내친김에 저지르기로 하고 새벽녘, 연안부두에서 거제도 고현으로 가는 배를 탔다. 그런데 승선 시간이 일러서 약국이 문을 열지 않아 멀미약을 살 수 없었다. 나는 걱정이 되었다. 여고 때, 제주도로 졸업여행을 가면서, 배 안에서 거의 반죽음이 되었던 기억이 떠올랐기 때문이다.

배를 타고 얼마간의 시간이 흘러 괜찮나 싶더니 안도의 순간도 잠시, 셋은 동시에 멀미를 하기 시작했다. 너울성 파도라도 쳤는지는 모르겠지만 기쁨에 들떴던 우리는 제각기 왝왝거리며 정신 줄을 놓았다. 저 푸른 바다를 가르는 낭만 같은 건 진즉 사라졌다.

"아가씨들이 얼굴이 탱자 같네"

옆자리의 아주머니가 몸을 주무르며 등을 쓸어주기도 했지만 아무 효과가 없었다. 질질 눈물까지 흘려가며 우리는 뱃멀미의 수난을 온몸으로 받았다. 고현은 왜 그렇게도 멀었는지.

마침내 배가 항구에 닿았지만 여전히 몸이 흔들, 다리가 후들거렸다. 오는 내내 뱃멀미를 하느라 여행의 기쁨 같은 것 없이 늘어진 우리를 보고 화들짝 놀란 H는 "아이고, 도시 촌 아가씨들을 거제도가 확실히 반겼나 봐" 하며 도리어 낄낄 웃었다.

사흘 동안 알뜰히 챙겨주는 친구 부부와 헤어져 배를 탈 때, 다시금 걱정이 되었다. 그러나 돌아올 땐 거제도로 갈 때보다는 멀미가 약했다. 멀미약을 먹고 H가 준 무슨 엑기스를 먹은 탓도 있겠지만 그보다는 집으로 돌아간 S에게 벌어질 일이 더 큰일이어서 멀미를 잊어버렸을 거라고 셋은 입을 모았다.

배가 부산항에 가까워질수록 S는 아버지의 불호령에 침울해졌다. 새벽에 줄행랑을 치던 때와 달리 S의 눈에는 근심이 가득했다. 그날 집으로 들어간 S는 한동안 가택연금을 당했다. 겨우 아버지의 화가 풀렸을 때, 아버지에게 당한 불호령을 우리에게 하소연한 뒤 했던 S의 말은 지금도 생생하다.

"아버지가 아무리 무섭기로 그날 거제도 가던 그 바다 그 파도만 하겠니?"

지난봄, 셋이 거가대교를 이용해 통영으로 가면서 삼십 년 전의 거제도행을 입에 올렸다. 바다 위와 바닷속을 막힘없이 쌩쌩 달려서인지, 그 옛날 일이라 얘기가 재미나게 늘어져서 그런지, 청춘의 이야기가 끝나기 전, 차는 벌써 거제도를 지나고 있었다.

거가대교는 이따금 문명의 속도 뒤로 사라져버린 뱃길을 그립게 한다. (2012)

강을 따라서

　내 나이가 중년의 허리께에 걸릴 무렵부터, 나는 왠지 인간이 주체가 되어 비롯되는 말들을 멀리하고 있었다. 각양각색 인연의 옷을 걸친 사랑, 맹세, 교류 같은 언어에 비해 팽나무나 언덕, 하늘처럼 자연을 끌어안은 말들은 아무리 곱씹어도 신물이 나질 않았다.

　'한계령'이나 '햇빛'이 주는 언어의 따뜻함과 평온함은 행복이나 권위처럼 허식을 연상치 않아 편했다. 강이 바다로만 흐르지 않고, 내 가슴으로 흘러든 것도 그즈음이었다. 장엄한 서사시 같은 바다보다는 한편의 서정시 같은 강을 나는 쉽게 연모하였다. 구포에서 물금 쪽으로 강기슭을 거스르면 화려한 산야와 달리 춘궁에 젖어있던 사월의 낙동강, 그 낙동강의 황폐를 달래주던 철길 고샅길의 자운영, 자운영은 막 서편에 흩어진 강노을에 붉은 빛을 더해 나의 마음을 묶곤 하였다. 그런가 하면, 되새떼 날개마다 묻혀나던 겨울 서러운 섬진강물, 의붓딸 울음 같은 두물머리의 황량한 강바람……

강은 그랬다. 유독 청춘의 속살 같았던 북한강이나 노추한 낙동강이나 미련을 두지 않기는 매한가지였다. 그저 뒷강물이 다독다독 앞강물을 따를 뿐이었다. 그리고 보면, 허구헌 날 지나간 것, 흘러간 것에 마음을 묶어 많은 내일을 탕진해 버린 내가 강을 연모하는 것은 당연한 일인지도 모른다. 미련 없는 강의 습성이 연정의 근원이 되었나 싶다.

사람들은 자존심을 무스로 머리끝까지 곧추세우고 키재기를 하였다. 켜켜이 쌓아 두고 넓혀 두어도 자신의 성은 상대보다 더 높고 견고하여야만 했다. 그렇게 완벽한 성을 구축하고서야, 비로소 상대에게 여유로운 웃음을 보이곤 하였다. 자신을 꽃처럼 보아 주길 바라는 그 웃음 끝은 그러나 넉넉할 수는 없었다. 강은 사람들과는 대조적이었다. 누워서도 충분히 새로운 물살을 담아내고 있었다. 그러면서 기슭의 마지막 한 방울의 물까지도 서해로, 남해로 흘러보내기를 주저하지 않았다. 보내는 몸짓조차 서두름과 게으름 없이 바지런할 따름이었다. 강은 흘려보냄으로 해서 강기슭마다 물뿌리 풀을 무성하게 키워 내었으며, 해 질 녘엔 또 어김없이 산 그늘이 건너와 누웠다. 흘려보냄으로 해서 강은 제 이름을 잃지 않았고, 제 빛을 지키고 있는 것이었다.

나는 마주 선 이보다 높아 보이게 발꿈치를 들어보려 하지는 않았지만, 고개 들어 앞사람을 바라보아야 했을 땐 우울해지곤 했다. 크리스마스트리처럼 반짝이는 장신구 하나도 제대로 갖추지 못한 내가 앞사람의 높은 키에 주눅들 필요 없음을, 강은 나의 부족함까지도 정당하게 어루만져 주었다. 관료적인 설교나 설득 없이도 무형식의 정연한 논리를 기술해 주는 강의 겸양을, 나는 사랑하지 않을 수 없었다.

마음 끝에 올려 보기만 해도 그리움이 솟구치는 강의 이름들, 임진강, 한탄강, 백마강, 섬진강, 아우라지강……. 나는 겉돌기만 하였던 그 강들의 깊이를 마음껏 열어보리라는 비밀스런 순례의 계획을 진작부터 작정하여 두었었다. 그러나 지금은 명지로 진입하는 하구언둑의 일부가 된 낙동강 강둑에 서면, 그런 내 마음엔 조급함과 불안함이 뒤섞여 흘러들었다. 그건 문명의 저편으로 쓰러져간 그 흐드러졌던 달맞이꽃, 강바닥의 순한 모래 부지 때문이었다.

섬진강변 토사 채취 작업을 보았을 때도 내 가슴엔 모래 바람이 불었었다. 세상은 문명의 빛으로 밝아 왔다. 그러나 그 빛의 그늘을 받아 강은 이제 어둠 속을 서성거리고 있었다. 강은 문명으로

하여 마침내는 나뭇잎 하나도 흘려보내지 못할 것은 아닌가. 나
또한 그 강으로부터의 위안을 잃어버리는 것은 아닌가.

첫사랑의 연인으로부터 나는 떠나왔지만 이제 불현듯 늦은 사
랑이 되어 내게 파고드는 강변에 나는 오래도록 서고 싶다. 내 가
슴에 등불이 되어 걸려 있는 고향 물통구리의 샛강, 그 강마을 여
린 사람들의 물밑 같은 웃음을 나는 두고두고 만나고 싶다.

(1994)

물통구리의 숨은 꽃

물통구리다리는 그 난간 아래 은행나무와 함께 내 어린 날의 추억에 늘 그리움으로 걸린 곳이다. 그 그리움은 내가 그 곳을 떠날 때의 키보다 아이들이 더 자라버린 지금도 여전했다. 과거 속에 살아야 할 시기에 그 그리움은 더욱 자랄 것이리라.

예나 지금이나 물통구리다리에 서면 마음은 어린 풀처럼 달뜨기 일쑤였다. 하지만 그날 우리 일행이 탄 차가 다리 위에 멈추었을 때는 막 지기 시작한 은행잎들이 내 가슴을 후비고 들어오는 듯했다. 내가 이럴진대 어머니 심사엔 주욱죽 금이 그어질 게 분명했다.

샛강 언덕에 넓게, 은행나무 밑동을 돌아가며 마타리꽃이 노랗게 흔들렸고 어머니의 눈도 흔들렸다. 일순 어머니를 따라 나선

것이 후회가 되었다. 가슴 한편에 봄 구름처럼 떠있는 물통구리의 어린 날이 동강 잘려 나감을 지켜봄은 마뜩찮았다. 이후로는 물통구리에 찾아 올 빌미도 더는 없어져 버릴 터였다. 그렇지만 남편의 유산인 고향의 마지막 전답을 처분하는데 땅 대신 딸이라도 있어야한다는 어머니의 애달픈 심사를 헤아려야 했다.

아버지는 젊은 아내를 믿고 세상을 떠날 수 없었던지, 아니면 세상을 믿을 수 없었던지 고향의 전답을 작은 집의 사촌오빠 명의로 남기셨다. 그날의 물통구리 행은 아버지가 믿지 못한 세상과 아내 곁에 용케 25년을 견디어 준 전답을 처분하려 매수인과 중개인을 동행해 사촌오빠네로 가는 길이었다. 매수인과 중개인은 잠시 후면, 소유하게 될 둑 왼편과 오른편의 논밭을 자랑스러이 보고 또 보았고, 어머니와 나는 텅 빈 들판을 빈 겨처럼 우울하게 바라보았다.

논둑 오른편으로 굽어 든 강 언덕에 인접한, 몇 년 째 먼지가 쌓인 큰집엘 들렀다. 탱자울타리 너머 버려진 텃밭엔 쑥부쟁이가 쑥쑥 거렸다. 강으로 내려서는 자드락 길섶엔 계절을 잊은 개나리 몇 줄기가 키들키들 웃고 있어 나도 키들 웃음이 나왔다. 큰집 둘레둘레 주인 없는 울타리마다 과꽃이 처량했다.

저만치 오빠 내외는 양수장 입구까지 나와 우리를 기다리고 있었다. 돌아가신 작은 아버지와 찍어 놓은 국화빵 같은 오빠는 왼

발을 절뚝이며 몇 걸음 빠른 걸음으로 먼저 반겨주었다. 빈 집이 많아 물통구리가 빈 듯 하다고 하니 그래도 진영과 김해시가 인접해 다른 마을에 비해 이주 현상이 그리 심하지 않다고 오빠가 일러 주었다.

우리가 툇마루에 앉았더니 툇마루에 누워 놀던 짧은 가을해와 바람이 우리들의 무릎위에 걸터앉았다. 이런저런 수인사가 끝나고 어머니에게 도장을 건네는 오빠의 얼굴 가득 습기가 돌았고, 그것을 본 사촌언니는 외양간으로 내려가 소 등을 자꾸만 쓸고 있었다. 영문도 모르는 소는 언니의 손길에 쩌억 순하게 웃어 보였다. 도장을 받아 쥔 어머니는 그러나 오빠더러 땅의 끝맺음을 하라며 계약서를 다시 오빠 앞으로 내밀었다. 물통구리의 땅이 몇 장의 미농지 속으로 사라지기 직전이었다. 오빠는 한참을 담배만 태웠고 그러므로 해서 오이 같은 냉기가 숭숭, 주위는 어색한 분위기가 되었다. 나는 그 분위기가 민망해 내려앉은 햇살만 만지작거렸다.

한참을 더 오빠가 밍기적이자 중개인이 독촉을 했다. 중개인의 독촉에 점점 무거운 강요가 얹히자 오빠의 얼굴에 가득한 습기는 물기로 변했고 오빠는 어머니의 손을 잡았다.

"작을매(작은 어머니), 나는 도저히 안되겠습니더. 내 생마음으로는 저 땅을 보낼 수 없습니더. 작을매가 주인이니 직접 보내이

소. 작을매가 밀포나 물통구리사람들 중에 살 사람 알아봐 달라 했을 때도 나는 안 알아봤심더. 내가 어째 거둔 땅인데 남의 손에 준다말입니꺼. 내 생마음에는 정이 줄 수가 없습니더. 지난번에 팔았던 웃뜸 밭도 마음에 째여 지금도 돌아서 집으로 옵니더."

검버섯이 거뭇한 손등으로 오빠는 연신 눈물을 눌렀다. 일행은 망연한 표정으로 오빠의 예기치 못한 언행만 바라보았다.

"작을매 참말 염체 없지만 저 땅 날로 주이소. 농협에 융자내고 막내 몫 적금도 해약하겠습니더. 땅금으로 치지 말고 이 조카 소원으로 여겨주이소. 작은아버지 유산아입니꺼. 저 땅 보내고 나면 우리 내외는 영 마음을 퍼지 못할겁니더. 우리 내외 명 떨어질 때까지 저 땅, 저 흙냄새 맡고 싶습니더. 물통구리야 말로 우리의 낙토입니더."

중개인은 오빠가 땅을 거저 삼키려 한다며 핏발을 세웠고 앞으로 전답가격이 폭락하여 매수인을 만나기 힘들다며 어머니에게 계약을 채근하였다. 중개인의 말처럼 어렵사리 적당한 가격의 매입자를 만났고 또 어머니로서는 땅을 처분해야 할 다급한 사정이 있기에 오빠의 돌연한 행동은 땅의 매매와는 영향이 없을 듯 싶었다.

"작을매 지 불편한 다리로 평생 지키며 살아온 물통구리, 우리 일가 우리 자식 모두의 고향입니더. 그런데 어째 도회사람한테

준다말입니꺼. 땅금으로 매기지 말고 지 형편 닿는 대로 차차로 금을 치도록 해주이소."

어머니는 묵묵 등을 보이고 앉더니 소 등만 쓸고 또 쓰는 언니를 길게 바라보았다. 어느새 햇살은 댓돌을 내려섰고, 싸리 울타리를 비집고 흙바람이 들어왔다. 중개인은 어머니에게 마음이 약해지면 안 되니 빨리 처리하자고 다시 채근을 하였다. 잠시 후, 어머니는 희미한 웃음을 넣어 중개인과 매수인에게 양해를 구하며 하루 수고비는 넉넉히 변상하마고 하였다.

"조카, 내 맘이 쓰린데 조카 맘이야 말해 무엇하겠나. 내 사정이 다급하다보니 못난 행동을 했네. 여지껏 지켜준 것만도 고마운데 내 어째 땅값을 기대하겠나. 짧은 생각이 송구스럽기만 하네. 급한 사정이야 또 달리 방도가 있을걸세. 작은아버지도 그걸 원할 성싶네."

그러나 작은아버지가 믿고 맡긴 땅을 그러는 것은 도리가 아니니 막내 몫의 적금만은 뿌리치지 말라며, 오빠는 소처럼 여린 눈에서 자꾸 눈물을 흘렸다. 사람의 근원, 삶의 근원을 흙으로 여기는 작은집 오빠의 간곡함에 계약서는 다시 중개인의 가방 속으로 들어갔고 물통구리 땅은 남게 되었다. 나는 속으로 어머니의 결단이 염려스러웠다. 융통하기에 손쉬운 금액이 아니었기 때문이었다. 그러나 나로서는 어머니의 행동을 지켜 볼 수밖에 없었다.

사촌언니는 어느새 부엌 여닫이 너머 뒤란에서 장독과 눈 등을 번갈아 닦고 있었다.

"작을매 쌀시장이 개방되어도 지 손끝에서 여문 나락들은 여측 없습니더."

오빠 내외는 물통구리다리 은행나무 옆에서 마타리꽃과 함께 주름살을 가득 만들었다. 그때 나는 마타리꽃과 함께 또 하나의 꽃을 보았다. 세상에 드러나지 않고도 거인의 초상이 되었던 〈숨은 꽃〉 세상과 문명의 도처에 이름도 없이 피어나는 〈숨은 꽃〉을 물통구리의 들녘에서 보았던 것이다.

문명한 김해시의 안일과 안락보다는 물통구리의 하늘과 흙, 황토 바람까지도 세차게 끌어안은 물통구리의 〈숨은 꽃〉은 고향의 아름다움 하나를 보태고 있었다. (1995)

* 숨은 꽃: 전북 김제시 귀신사를 배경으로 쓴 양귀자의 단편소설로
　　　　세상 속에 묻혀 눈에 띄지는 않지만, 인간다운 아름다움을
　　　　갖고 사는 김종구의 이야기

엄마 안녕

한 보름 동안은 참으로 활짝 피어 내년, 후 내년까지만, 하는 기대를 가졌었다. 정월 대보름날, 찰밥에 도라지, 취나물 얹어 야물야물 어찌나 맛나게 드셨던지 그리도 재촉하여 후울 떠나리라, 짐작을 하지 못했다.

해거름 석양이 곱고 촛불은 마지막 심지가 가장 밝다더니 그랬나 보았다. 어머닌 편안한 낙화를 위해 보름동안 마지막 물을 올린, 자식들에게 실없는 기대만 준 끝물 꽃이었나 보았다.

어머니는 하루 종일 꽃을 땄다. 주황색의 큰 꽃, 보라색의 작은 꽃, 물방울무늬의 자잘한 꽃을 바삐 따서 딸들에게 손자 손녀에게 고루고루 나누어 주시기를 좋아하셨다. 어머니가 따는 꽃은 따도 따도 남아돌았고 시들지도 않았다. 어머니는 이부자리에 촘촘히 박음질된 꽃을 하루종일 지치지도 않고 바지런히 땄다. 내가 어머니께 받은 꽃을 짐짓 천장 위로 날려보면 어머니 눈길은 천천히 꽃을 따라 기쁨에 차 움직였다. 형체도 향기도 없는 어머니만의 시들지 않는 꽃. 나는 어머니가 같은 꽃을 따지 않도록 수시로 이부자리를 바꾸어주었다.

 작년 봄,

몸이야 놓쳤다 해도 마음은 아직 실한 어머니를 월래마을 회관 옆, 살구나무 아래로 모셔드렸다. 어머닌 좋으신지 입을 벌려 웃으셨다. 두 그루의 오래된 살구나무엔 연분홍 살구꽃이 흔들렸다. 막 지기 시작한 살구꽃이 어머니 머리 위로 떨어지니 마음이 쓰려왔다.

 살구꽃 진자리에 달달한 살구 익었던 여름날, 몸보다는 정신이 쇠약해진 어머니를 모시고 다시 살구나무를 찾아갔다. 평상 위에 초점도 없이 얌전히 앉아만 계신 어머니는 닥종이 인형 같았다.

 살구나무는 키가 커서 간신히 나뭇가지를 당겨보아도 잘 익은 살구 따기가 힘들었다. 마침, 하릴없이 길 위에 섰던 아저씨가 돌팔매질을 한참 하더니 두 손 가득 살구를 안겨주었다. 어머니는 툭 터진 살구 몇 알 입 속에 넣어드려도 달다 시다 말씀, 표정이 없었다. 지난 봄, 말을 나누었던 가게 할머니께서 어머니 바라보는 눈길이 측은하다. 봄엔 꽃처럼 웃기라도 하시더니, 철철이 사그라드는 어머니.

며칠 전, 올림픽 공원에 갔던 날,

"할머니 손 한 번 잡을까요?"

장난스런 아들 아이 동상 뒤에 숨어 어머니의 손을 잡았다. 그러자 눈에 힘을 주어 동상을 노려보시는데 눈 속에 헛바람이 가득 찼다. 나는 곱게 물든 나뭇잎 하나, 어머니 머리에 꽂아드렸다.

늦가을 들어 어머니는, 휠체어에 앉은 채 병원 출입구 유리문 안에서 제법 눈동자를 돌리며, 은행나무 노랗게 물든 거리를 살폈다. 나는 그런 어머니를 살피고 오가는 사람들은 어머니 한 번 나 한 번 살피며 지나갔다. 바람이 센지 은행잎이 화다락 무더기로 떨어졌다. 은행잎을 가득 주워서 어머니 무릎 위에 놓아드렸다. 어머니는 은행잎을 만지며 오래 오래 놀았다.

겨울이 되자 어머니 병환은 겨울만큼 길어갔다. 진주에 사는 작은언니가 어머니를 모시고 갔다. 진주 병원의 의사가 어머니 뇌 기능이 거의 다 되었으니 마음의 준비를 하라고 했다. 부랴부랴 어머니를 백병원으로 옮겼지만 수술은 불가능했다. 설날을 얼마 남겨두고 어머니는 상태가 호전되어 집으로 오셨다. 몇 달째, 병원에선 코죽으로 대신하던 식사도 집으로 오시니 한 그릇 뚝딱

드셨다. 소변 줄도 뽑고 그렁대던 가래도 가라앉았다. 몇 발자국 걸음도 떼었다. 목욕 시켜드리면 발갛게 홍조까지 띄어 곱기만 했다.

머잖아 봄이니까, 어머니도 그 기미를 아시고 봄 맞을 채비를 하나보다고 구완하는 자식들은 마음이 설렜다. 어머니 눈 속에 진정이 서리고 어머니 말씀이 제대로 전달이 되기에 이젠 됐다고, 앞으로 한동안은 탈 없겠다고 자식들은 만만세를 불렀다.

꽃샘바람과 노인은 잠깐이라던 옛말은 그르지 않았다. 마음이 빠져나간 빈 몸일지언정, 오래도록 어머니를 쓰다듬고 닦고 어르고 싶었건만 어머닌 막 불어대기 시작한 꽃샘바람보다 더 짧았다. 자식들 마음 놓은 틈을 타 서둘러 떠나심도 자식 사랑이라 짐작되니 세상의 모든 어머니 사랑, 자식이 따를 재간이 없구나, 싶었다.

어머니 가시자 꽃샘바람이 잦아들었다. 생전에 좋아하시던 꽃 피는 봄 3월, 올 봄엔 어머니 없이 살구꽃 보겠네, 그리움으로 몸이 젖어든다. (2001)

모퉁이의 삶

　살아가면서 문득 문득 간이역의 서정, 그 주변 풍경들이 그리울 때가 있다. 젊은 시절에는 막연한 동경이나 다분히 낭만적 발상이었지만, 나이 들어서는 도회지와는 또 다른 하늘, 바람, 나무, 강물, 촌부의 위안이 간혹 안달이 나곤 했다. 길 떠나기에 알맞은 봄이 가기 전, 어느 역으로 갈까, 지도를 한 바퀴 돌아보았다. 마음을 끌어당기는 철도는 경원선, 우리나라 최북단의 철도중단점인 신탄리역이었다. 도착역을 중심으로 상행역과 하행역의 표지판이 있지만 다음 역 표시가 없어 쓸쓸하기 그지없다는 신탄리역은 한 계절 밀쳐두고 친구와 나는 유월 들어서기 바쁘게 영동역으로 발걸음을 옮겨 보았다.

이른 새벽, 실비가 실실 내리는 부산역 대합실 입구 바닥 위에 다섯 식구가 누워 잔다. 어디서 구했는지 다 해진 담요를 깔고 다닥다닥 붙어 누웠지만 덮는 홑이불은 엄마인 듯싶은 여자가 덮고, 나머지 아이 넷은 바람에 비껴드는 실비에 양껏 오므린 채 꼬물꼬물 거리는 게 제법 자긴 자는 모양이다. 하찮은 미물을 보듯 미간을 찌푸리는 사람. 웬 놈의 자식을 저리도 낳았을까 쯧쯧 혀를 차는 사람. 미관을 해치는 그들을 방치하는 당국에 불만을 보이는 사람. 나는 여자가 덮고 자는 이불을 끌어당겨 두세 살 되어 보이는 사내아이와 몇 살 더 먹어 보이는 여자아이의 나목 같은 몸을 가려주었다. 새벽부터 떼거리로 술판을 벌이는 멀쩡한 젊은 이까지 끼인 노숙자들을 슬쩍 살피니 그들의 눈동자엔 희로애락 그 아무것도 담겨 있지 않다. 자신의 삶을 버릇처럼 내팽개치고 세상의 외곽지대에 널브러진 사람들. 너무나 흔해 빠진 풍경들이라서 그저 사람들은 자신이 타야 할 개찰구 쪽으로만 바쁜 걸음을 옮길 뿐이다.

대합실 안은 어딘가 목적지를 향해 크고 작은 가방을 든 사람, 전화를 하거나 우유로 빈속을 채우는 사람들로 분주한데 그들의 표정엔 대개 기대감 같은 게 흐른다. 남은 시간 동안 1층에서 얼쩡거리던 우리는 아차, 새마을호가 아니고 무궁화호였지 싶어 2층으로 올라갔다. 첫차인데도 좌석이 거의 차 삶의 냄새가 물씬

하고 삶의 색깔 또한 각양각색이었다.

기차가 출발하자마자 기차 시각을 맞추느라 끊어진 새벽잠을 잇는 사람. 딸네 집에라도 가는지 기계주름이 잘게 잡힌 흰색 무릎 치마를 입고 기분이 한껏 좋아 보이는 할머니. 그런가 하면 앞 자리에 앉아 연방 쌍시옷을 구사하며 자지러지는 여자 넷은 하는 품새가 아마도 이 장 저 장 돌아다니는 보따리 상인인가 싶다. 그 냥 저냥 심심풀이로 듣기에도 도가 넘은 언행이라 신경이 쓰이더 니 다행히 밀양역에서 여자들은 내렸다.

개망초 들녘에 적막한 원동, 새벽 물안개 가득한 삼랑진, 자귀 나무 화려한 꽃에 정신이 없는 청도. 보리가 숭숭한 김천 지나 출 발한 지 세 시간 채 못 되어 오전 아홉 시 우리는 영동역에서 내 렸다. 노랑 파랑 하양의 패츄니아가 산들산들 거리는 플랫폼은 한갓졌다. 시골 역사의 풍경에 마음이 금방 아득해진다. 내리는 사람도 타는 사람도 몇 안 되는 고만고만한 역사는 적막했다.

새벽녘부터 부산하던 부산역에 비하면 이렇다 할 구경거리도 없지만, 북적대지 않음이 그저 그만이다. 시발역에선 노숙자가 드러누웠던 광장엔 유월의 햇살이 이리 저리 엎어져 유정하다. 역사 오른쪽 구석진 화단의 볼품없는 작은 나무에 '홍이두'란 처 음 들어보는 나무 이름이 달려 있다. 역무원들의 작은 배려를 느 껴 즐거운 마음이 된다.

친구와 나는 역사 앞, 알사탕만한 감이 방금 얼굴을 내미는, 온통 감나무로 즐비한 가로수 아래를 왔다갔다 싸돌아다녔다. 송선생 순국선열의 동상이 지키는 거리의 풍경들이 알콩달콩 귀여워 지방도시의 서정을 충분히 느낄 수 있었다. 가을이 되어 숱한 감나무의 감이 굵어질 때쯤 다시 와야지 장단을 맞추어 두고 무주로 가기 위해 완행 시외버스를 탔다.

충청도에서 전라도로 넘어가는 길은 죄다 포도밭 투성이었다. 포도나무는 끝도 없이 넙적한 이파리를 흔들어 제끼며, 먼 여행자들의 마음까지 하늘하늘 흔들어대었다. 군데군데 햇빛을 가려준 인삼밭, 이제 막 싱겁게 큰 잎을 벌리는 담배나무, 하얗고 긴 밤꽃.

완행버스는 가다 멈추고 가다 서기를 반복했다. 오랜만에 여행다운 여행을 하는 듯싶었다. 한 시간 너머 가는 동안 버스 안의 풍경은 재미가 흘러 넘쳤다. 한 아주머니는 버스가 마치 자기 집이라도 되는 양, 타고 내리는 손님들에게 일일이 안부를 묻는다. 버스 삯도 자기가 다 셈을 하는데 거리에 따라 다른 버스비 계산이 정확하다. 이 마을 저 마을의 사랑방 같은 시골의 완행버스가 여행의 맛을 돋구어 얼씨구나 신이 났다.

버스에서 내려 무주 계곡으로 가는 길목엔 산조팝이 하얗다. 가끔씩 달리는 자동차 외엔 뜨거운 햇살 아래 걷는 사람이 우리뿐이라 늦봄의 여흥을 즐기기엔 안성맞춤이었다. 앞섬과 뒷섬은 돌아가야 할 시각까지는 무리일 듯해 가까운 벚나무 아래 풀처럼 아무렇게나 드러누웠다. 우리는 낯설고 먼 산촌에서 가는 봄의 속절없음. 남아 있는 삶의 소중함, 지나간 날들의 그리움 같은 시정 없는 이야기로 깐죽깐죽 시간을 보냈다. 두세 시간 늘어진 수양버들 가지 팔자가 되어 올봄 반분은 풀었다.

영동역은 아침이나 저녁나절이나 한적하기는 마찬가지였다. 시골스런 모양새가 이 이가 그 이이고 저 이가 그 이인 듯한 간이역 주변을 오고가는 사람들. 그럴 수만 있다면 사람의 격차, 빈부의 격차를 그다지 주고받지 않는 정감 가득한 촌발 날리는, 간이역 같은 모퉁이의 삶을 살 수 있다면. 지금보다 더 작은 모퉁이 삶이라도 행복하지 않을까? 싶은 건 어쩌면 나태한 내 삶을 얼렁뚱땅 넘겨보려는 속마음은 아닌지 모르겠다. (1999)

따뜻한 돌

해운대 신시가지 아파트는, 오래전엔 비탈졌던 철길로부터 한참을 걸어 들어가야 했던, 활엽수에 가려 키 작은 소나무가 많았던 잡목 숲이었다. 달맞이 고개를 자주 오르는 나는 철길 건너 왼편의 거대한 아파트 숲을 보면서, 내 청춘의 초상에 칸델라 등처럼 반짝였던 그 숲 속의 희락원을 떠올리곤 한다.

대학 3학년 겨울 방학 기간 동안을 나는 희락원에서 보냈다. 대학생들의 봉사활동이 활발했던 당시, 내가 참여했던 서클의 활동 대상이 희락원으로 되었기 때문이었다. 남학생들은 그 곳에 아예 상주를 했고 여학생들은 일과를 마친 늦은 시각에 귀가를 했다. 가끔씩은 희락원의 몇 되지 않는 여자 원생들과 밤을 보내기도 하였다. 수녀원장님이 기둥이 되어 생활하는 희락원의 식구는 정확한 기억은 아니지만 학년별로 반을 나누어 생활지도, 학습지도를 했던 것으로 보아 30여 명은 족했던 듯했다.

외부 사람들과 단절된 생활을 하던 아이들인지라 처음엔 쉽게 다가서진 않았지만, 며칠이 지나 아이들과 우리는 곧 친숙해졌다. 여자 원생들은 뜨개질을 배워 장갑이나 모자를 스스로 완성시켜 기뻐했고, 남자 원생들은 찬바람 속에서도 땀을 흘리며 남학생 회원들과 운동장에서 시간 가는 줄 몰라 했다. 희락원에는 토요일이면 근처 성당의 수녀님이 원생들과 함께 기도를 올리던 작은 교실이 있었다. 그날 나는 기도 시간이 끝난 원생들에게 노래를 가르쳐 주고 있었다. 존스타인 백 원작 소설의 제임스 딘이 열연했던 〈에덴의 동쪽〉이라는 영화의 주제 음악이었다.

난방시설이 전혀 되어 있지 않은 교실은, 유리창 틈새의 찬바람과 마룻바닥의 냉기때문에, 노랫말과 곡을 익혀 주던 나는 어지간히 추웠다. 그러나 아이들은 추위와는 상관이 없는 듯

"서러워 말아라. 마음과 마음속에 사랑의 노래를 부를 날 있으리라."는 끝 소절을 마음에 들어 하며 좋아하고 있었다.

곡이 단조로워 아이들이 쉽게 노래를 흥얼거리기 시작하자 나는 방으로 가기 위해 얼른 교실을 나섰다. 철영이가 나를 부른 것은 그때였다. 내 양손에 무언가를 덥석 집어주고 황급히 달아나 버렸다. 철영이는 원생들 중 가장 큰 형으로 나이에 비해 학년이

늦은 야간 고등학교 1학년생이었다. 낮에는 동사무소의 사환 노릇을 하며 어렵사리 야간 학교에 다니던 만학도였다.

나는 저만큼 뛰어 가는 철영이를 보며 내 손에 쥐어진 것이 무엇일까? 만지작거려 보았다. 딱딱한 느낌과 동시에 온기가 온몸에 흘렸다. 양쪽 포켓에 찔러 넣었더니 조금 전보다는 내 걸음이 한결 느려진 것이 몸속에 흘려 드는 따뜻한 기운 때문이었다. 방으로 돌아와 무엇인가 보았더니 그것은 적당하게 잘 데워진 조약돌이었다. 추워 보이는 내게, 미리부터 데워 둔 조약돌을 건네주고 달아나 버린 철영이는, 그날 이후 몇 번인가 더 내게 조약돌을 건네주었다. 철영이의 마음 씀씀이는 추위에 달달거렸던 나를 부끄럽게 했고, 또 그 겨울을 따뜻하게도 해 주었다. 활동 기간이 끝나고 원생들과 헤어진 우리들은 졸업반이 되어 분주한 날을 보내었고, 제각각 사회의 구석에서 제 몫을 해 나갔다.

철영이를 다시 스치듯 만난 것은 몇 년 후였다. 나는 결혼하기 전까지, 지금은 없어졌지만 초량 부산진역 앞의 BBS회관의 청소년 야학에 나가고 있었다. 그날은 무슨 짐이 많았었던지 택시를 타야 했다. 비스듬한 고갯길이라 차들이 그냥 지나쳤고, 퇴근 시각이라 합승도 여의치 않아 마음을 졸였다. 피곤한 일과를 마치고도 아이들은 언제나 일찍 회관으로 와서 마음이 급했다.

그때 손님이 탄 택시가 내 앞에 멈추더니, 기사가 재빨리 책 묶음을 실어 주었다. 도중에 기사가 몇 번인가 룸미러로 나를 넘겨 보았다. 몇 년 전, 희락원에서의 까까머리 철영이었다. 철영이는 희락원의 근황과 함께 그 겨울의 기억을 떠올리며 즐거워했다. 그러면서 그때 배웠던 〈에덴의 동쪽〉을 요즘도 자주 부른다고 했다. 어려운 환경 속에서도 사회인이 되어 수녀원장님을 보조해 가장 노릇을 해내고 있다는 철영이는 보기에 당당했다.

택시가 회관 앞에 도착하자 철영이는 합승한 손님에게 양해를 구하더니, 책을 삼층 강당까지 옮겨다 주었다. 차비를 마다했던 철영이는 그 겨울, 우리들과 함께 했던 날을 잊지 않겠다는 말을 남기며 세상을 향해 달려 나갔다. (1996)

서해에서

。
。
。

문현동 안동네 산의 23번지 돌산길은

정겨운 골목이 사라져가는

아주 작은 서정의 풍경이었다.

사라져 가는 골목들은

지킬 수가 없어서 더욱 그립다.

。
。
。
。
。
。

서해에서

　새벽녘 창을 여니 서해가 손끝에 와 닿았다. 사월 단비가 고샅
길 위, 쇠뜨기 줄기, 보리이파리마다 떨어지면서 초록으로 번져
내렸다. 팔을 길게 뻗어 손등에 비를 흠뻑 묻혀 혀끝에 대보니 봄
기운이 묻어서인지 서해의 봄비는 달콤하였다. 저만치 검은 염소
한 마리, 진작부터 말뚝이 묶어진 거리만큼만 오며가며 "매에"
울고 있다.

　엊저녁, 어두워진 후에 도착한 까닭에 팔경중의 하나인 변산반
도, 외변산의 장관이라는 일몰을 놓친 게 아쉬웠다. 그래도 비에
젖은 변산반도의 아침은 단순하나 경박하지 않는 모차르트의 바
이올린 곡처럼 가벼운 아름다움을 느끼게 해 주었다. 잠에 푸욱
빠진 선배를 간질였더니, 크지 않는 키를 벌떡 세워 보인다. 오랜

시간 운전을 하여 깨우긴 미안했지만 미안함은 새 손수건처럼 접어 버렸다.

그런데 차에 오르니 방금 까지도 조신하던 비가 금세 바람을 업어 세찬 비로 변해 바다로 나서기가 어려웠다. 서해의 끝 위도까지 배로 40분 거리라는 안내판이 있었지만 배가 출항할 리 만무했다. 할 수 없이 후박나무 군락지나 격포리 채석강으로 향했다. 산길로 들어서니 벚꽃이 잎과 꽃을 함께 떨구었고, 그에 비해 개나리는 천연덕스러웠다. 산꼭대기에 마침 커피숍이 보여 계단을 올라서니, 주인이 막 들어서던 참이었다. 커피숍의 실내 창가는 온통 비와 바람이 뒹굴고 있었다. 주인이 실내를 정돈하는 동안 창 한 켠에 섰더니, 이상하게 비 바람에 비해 파도가 높지 않았다.

단애가 바다를 끌어안은 때문인가? 이 태백이 달을 따다 죽은 이름 값인가? 물어 보려 했으나 주인이 바삐 움직이고 있어 속살이 푸른 서해 청정 해역만 보고 또 보았다. 정태춘의 〈서해에서〉를 한 번 불러도 됨직했다.

'인자요산 지자요수' 라는 옛 말대로라면 나는 후자는 아니다.

그러나 남해, 동해와는 달리 지도에서만 보았던 서해 변산 반도의 한부분에 문득이나 점이 되어 있는 나는 그대로 서해로 흘러들었다. 물고기처럼 서해로 가라앉은 마음을 건져 올리고 싶은 마음 또한 없었다.

이별 같은 안개비를 바라보며, 생각의 돛을 단 우리 앞에 화장기 없는 주인은 따뜻한 커피와 함께 음악을 건네주었다. 귀에 익은 음악들이라 반가웠다. 오디오 곁에 모서리를 테이프로 반듯하게 붙여 잘 보관된 낡은 라이센스 레코드들이 주인에게 친화력을 불러 일으켰지만 마음에 드는 음악을 걸어 보라며 웃어 보인 뒤 주인은 빗속으로 나가 버렸다. 그 무심한 언행마저도 서해처럼 담담하여 오히려 유정하게 느껴졌다. 사람들은 그런가 보았다. 부와 명예의 숲에 살다 보면 그것을 얻고, 자연의 일부가 되어 그 속에 살다보면 식물처럼 살 수 있나 보았다. 소로우는 〈월든〉호숫가에, 예이츠는 〈이니스프리〉섬에, 그리고 서해의 한 외진 커피숍의 주인은 변산 반도에 그 자신의 뿌리를 맡겨 두고 있는데, 내게는 그러한 것들도 없으니 그저 장마철 햇빛처럼 드문드문 이곳 저곳에 비쳐들 뿐이다.

그 마저도 고맙고 다행한 일이었다. 별달리 주고받는 말없는 선배와 나는 유정한 집을 나서서 오른쪽으로 서해를 길게 끼고 차를 달렸다. 바다가 멀어지면 갯냄새가 줄고 바다가 바짝 붙으면 갯냄새가 진한 것이 빗속에서도 확연했다.

사각의 염전과 넓은 개펄을 자주 지나 백양사 가는 산언덕 아래는 탐스런 복숭아 꽃, 배꽃, 사과꽃이 비에 지지 않아 대견스러웠다. 백양사 초입부터 벚꽃은 봄눈처럼 날리고 있었다. 구름송이 같은 벚꽃은 어제 들렀던 선운사에도 지천이더니 백양사에도 마찬가지였다. 그러나 선운사의 벚꽃은 복잡한 인파 탓에 아무런 맛이 없었다. 노랫말처럼 후두둑 눈물 같은 동백꽃, 대웅전 앞 계단 아래의 노란 수선화에 마음이 더 갔었다. 게으른 보리수 성근 잎 몇 개 틔우고 천리향은 비에 젖어, 향이 겨우 지척에 머물렀던 내소사에 비해 백양사는 봄 향기가 가득했다.

정오가 허리를 넘어, 갈 길이 먼 우리는 다시금 서해로 돌아섰다. 사람이 무성한 사월에 여행의 단맛을 찾기란 애초부터 잘못된 생각이었다.

따뜻한 남해와 달리, 기약없이 돌아서는 사람들의 뒷모습처럼 무심한 서해에, 나는 자꾸 우호의 감정을 느꼈다. 행인 없는 어느 봄날, 일몰의 바다에

'작은 배 한 번 띄워 보리라'

나는 아득한 기약을 걸어 두었다. (1996)

달맞이 고개에서

아침나절엔 가끔, 달맞이 고개에 오르내린다. 어쩌다 실비라도 오는 날이면 옳다구나, 싶어 이내 우산을 받치고 걷기도 한다. 길목마다 는적대면 한 시간이 족히 넘는 걷기는 달맞이 고개 턱 아래 사는 동안 버리지 못할 재미다.

산책보다 약간 강도가 높은 걷기는, 재개발이 확정된 텅 빈 주공아파트 후문에서부터 시작된다. 몇 몇 가구만 남았을 뿐인 아파트 단지는 그래도 화단마다 꽃들이 피고 진다.

걷기가 시작되는 아파트 후문 쪽 길은 비탈진 길이다. 단지로 들어서면 간판이나 진열대가 제멋대로 나뒹구는 상가가 을씨년스럽다. 버려진 폐기물 사이로 지나가던 길고양이가 꼬리를 바짝 세우고 나를 빤히 쳐다본다.

철조망으로 현관문을 옭아맨 동도 있고 아직 떠나지 못한 사람들의 집에는 베란다에 빨래가 널려 있다. 남은 사람들이 적지 않은지 마을버스 정류소에서 버스를 기다리는 사람들이 제법이다. 그 뒤로 미림이용원 네온이 땅바닥에 거꾸로 처박혀 있다. 한때 집집의 가장들은 미림이용원에서 말쑥하게 머리 손질을 하고 직장으로 출근을 했을 것이다. 밀려나간 이발사는 목 좋은 곳에 새로 이용원을 차렸을까, 괜한 생각도 한다.

나는 빠르게 혹은 느리게 아파트 단지를 한 바퀴 돈다. 번잡하고 생동감 넘치는 신시가지에 비해 처량하기 그지없지만 나는 이 길을 좋아한다. 사라지는 것들이 주는 아련함 내지는 혼자 걷기의 홀가분함을 좋아하기 때문이다. 고급빌라가 늘어선 아랫마을 쪽이 아닌 잡초에 파묻힌 계단을 오른다.

키를 넘는 풀숲을 지나 나타나는 언덕배기 마을은 조용하다.

양지쪽의 백목련 두 그루는 하룻밤이면 만개할 기미를 보이고, 그 아래 담벼락의 개나리는 등불마냥 환하다. 다 낡은 골목일망정 봄기운이 가득하다. 사내아이 몇이 땅에 금을 그어놓고 사방돌치기놀이를 한다. 그 모습이 골목과 잘 어울린다. 아이들 앞을 지나 달맞이 고개로 내려가는 계단을 내려서면 '셜록홈즈의 집'에 닿는다. 일 년에 두세 차례 문학행사나 강의가 있을 때 드나들 뿐인 추리문학관이다. 1층 문학관에 서너 명의 사람이 보인다.

지나칠 때마다 사람들이 영 없지 않아 공연히 마음이 놓인다.

문학관 앞, 마을버스 정류소 앞에서 잠깐 망설인다. 산책객들을 피해 달맞이 성당 쪽으로 간다. 가끔 이웃사람을 만나면 잡고 놓아주지 않기 때문이다. '주말엔 가족들과 함께 와 봐야지' 마음먹었던 바다 전망이 멋진 카페를 지난다. 가게 앞은 옮겨 심은 야생화 종류가 많다. 피고 지는 꽃을 구경하는 것은 빼놓을 수 없는 재미이기도 하다.

큰 화랑이 있는 해월정 아랫길에 비해 문화 1길은 작은 화랑들이 몇 개 있다. 화랑 지나 빌라 옆으로 매달린 현수막이 보인다. 문화의 거리에 치매 병원이 들어서는 것을 반대한다는 내용이다. 건강하든 병들었든 노인을 외곽으로 내모는 것이 비문화적이라 생각하며 병원 안을 들여다보았다. 자식들에게 둘러싸여 할아버지가 웃고 있는 게 보기 좋다. 한집에서 모시지 못할지언정 이렇듯 가까이라도 계시니 부모 자식이 다 안심하리란 생각이 든다.

동백아트 길로 내려선 내 걸음이 갑자기 빨라진다. 저만치 빌라 담장마다 벚꽃이 몽글몽글 거린다. 꽃 피는 봄 3월, 달맞이 고갯길은 아지랑이를 보는 것만 같다. (2009)

강물처럼

　강물 소리를 듣는다. 강물 옆에 쪼그려 앉아 귀를 열어본다. 가만히 기울여 보면 강물 소리는 귀보다는 마음으로 더 잘 들린다. 가아가앙강. 아무리 오래 바라보고 들어도 그리운 강이며 강물 소리다.

　'강물처럼 살 수 만 있다면' 강가에 서면 늘 막연한 생각을 한다. 강을 따라서 모래톱을 길게 걸어본다. 새들은 발자국만 찍어 놓고 어디론가 사라져 보이지 않는다. 바람이 강해지자 강물의 속도가 빨라진다. 바삐 흐르는 강물은 아주 작은 고기떼의 몸짓 같다. 지푸라기 하나를 휙, 던져 보니 강물은 그것도 날름 안고 흐른다. '주어진다면 강물이 마다하는 것은 아무것도 없구나' 싶다. 강물 속에 손을 담가 본다. 부드러우면서 따뜻하다. 목이 칼칼해 손 바가지로 꼴깍, 강물을 마신다. 강물도 냄새가 있는 듯싶다. 문득 곽재구 시인이 섬진강 강물을 끓여 커피를 마셨다던 한 구절이 생각났다.

모래톱이 끊어진 곳에서 다시 강을 거슬러 걷는다. 강이든 인생이든 거스르기보다는 따라서 걷는 게 역시나 수월하다. 눈발이 날리는 강 언덕에, 아주 작은 찻집이 보여 들어가 보았다. 손님은 없건만 주인 여자는 통기타를 치며 강을 내려다보며 노래를 부르고 있다. 강물보다는 여자의 노래가 더 공허하게 느껴진다. 그리 잘 부르는 노래는 아닌 듯한데 여자는 혼자 목청을 돋운다. 내가 따라서 흥얼흥얼 거리니 곡이 자꾸만 이어진다. 여자가 작사를 많이 한다고 공책을 보여주었다. 한쪽 벽면에 시집이 가득 쌓여 있다. 어느 장애인의 시집인데 손님들에게 한 권씩 권해 수익금을 전해준다고 한다. 마음이 따뜻한 여자인가 본데, 말 붙이는 것을 좋아하는지 여자의 말에 자꾸 고개를 주억거리고 웃어주어야만 했다. 하루 종일 오가는 이도 별반 없는 외딴 강 언덕에 있다 보니 적적함이 한계에 달했나 보았다.

"사람보다는 강이 좋지요. 여기 있으면 세상에 부러운 게 없어요."

사람보다 강이 좋은 거, 그건 여자의 인생이 쓸쓸하구나, 하는 생각이 들었다. 물론 내 잣대이긴 하다. 자연이 사람에게 휴식과 위안을 주기는 해도, 사람이 사람에게 주고받는 인식과 기쁨에 견줄 수 있을까.

시집을 사는 대신, 점심으로 탕수육을 배달시켜 여자와 나누어 먹곤 다시 강 언덕 쪽으로 걸었다. 겨울의 강 언덕은 초라했다. 지난여름, 무성했을 풀들이 제 색을 잃고 아무렇게 널부러져 있다. 조금 전까지는 아무도 없었던 강가에 웬 사람들이 웅성웅성 모여 있어 다가가 보았다. 사람들이 큰 물통에서 미꾸라지를 몇 마리씩 꺼내어 강물에 담그고 있다. 불교 신자들의 방생 법회이다. 사람들은 미꾸라지를 가져가면서 옆에 있는 바구니에 미꾸라지 값을 쳐놓는다. 어린 미꾸라지들은 제 세상을 만난 듯 찰랑찰랑 헤엄쳐 달아나기도 하고 얼마 못 가서 하직하고 말 성싶은 미꾸라지도 있었다. 처음엔 멀쩡했을 녀석들이 방생을 위해 죽음을 맞이하니 도로아미타불 방생이다.

눈발이 갈수록 굵어진다. 눈 속에 파묻혀 버린 새 발자국의 주인인가 싶은 새 두 마리가 강물을 툭 차고 오른다. 눈도 따라서 퍼진다. 고개를 들고 입을 벌리는 순식간에 눈이 입 속에 가득 찬다. 상큼하다. 저만치 연기가 피어나는 찻집, 커다란 통유리 옆에서 주인 여자가 이쪽을 보고 섰다.

나는, 강물 제 혼자 흐르는 풍광도 좋지만 사람이 있어 더욱 좋구나 하는 것을 여자가 느꼈으면, 하는 마음으로 손을 흔든다. 여자도 눈 내리는 강 언덕에 나와 서서 두 손을 흔들어 보인다. (2003)

모녀와 부처님

화벽이 심한 나는 해마다 7,8월중 하루는 안강의 양동 마을로 간다. 그 마을엔 유별나게 배롱나무가 많아 아래에서 올려다보면 마을이 온통 붉다. 마치 달력의 풍속도와 같다. 집 어귀마다 나리꽃, 상사초, 옥잠화가 나그네의 마음을 단번에 빼앗는다.

S와 나는 사람이 살지 않는 빈집 대청마루에서 비에 젖는 배롱나무를 마주보며 한숨 잠까지 자곤 정처 없는 길을 떠났다. 집집에 딸린 작은 밭마다 콩꽃, 개꽃이 달랑달랑 비에 젖고 있었다.

마을 아래에서 오른쪽으로 차를 달리니 녹음 짙은 산길이 한적했다. 처음엔 실실 내리던 빗방울이 제법 굵어져 숲 속은 너욱 고즈넉했다. 행인은 물론이고 달리는 차도 없어 우리는 느적느적

산길을 기어갔다.

20분을 채 못 가서 오른쪽으로 저수지가 나타났다. 여기가 어딘가 싶어 보니 왼편의 작은 바윗돌에 '삽실 마을'이라 적혀 있었다. 삽실, 삽실, 이름이 참 정겹다고 여기며 차머리를 삽실 쪽으로 막 돌릴 때, 오른쪽 길에 사당이 있다는 안내문이 보였다.

우리는 우산을 쓰고 사방이 막혔으되 입구는 밋밋하게 뻥 뚫린 사당으로 들어갔다. 사당 안에는 한 분의 부처님과 웬 여자 두 명이 있었다. 두 여자는 억수 같은 비를 맞으며 빗속에 쭈그려 앉은 채 부처님을 모신 제단 주변의 자랄 대로 자란 잡초를 뽑아내고 있었다. 한 여자는 뒷모습이 나이가 들어 보였고 한 여자는 그보다 훨씬 젊었지 싶은 차림이었다. 빗줄기는 두 여자의 몸을 사정없이 때렸지만 여자들은 아랑곳없이 묵묵히 멀대 만한 잡초를 뽑고 있었다.

S와 나는 한동안 돌연한 그 모습들을 멍청하게 지켜보았다. 비에 젖은 얇은 여름옷은 여자들의 몸을 그대로 보여 주었다. 구석 쪽의 잡초를 다 뽑은 젊은 여자가 뒤로 물러나다가 우리와 눈이 마주쳤다. 그때야 나는 젊은 여자에게 다가가 우산을 받쳐주고 S는 불상 뒤쪽의 풀을 뽑는, 머리를 쪽진 여자에게 우산을 씌워 주었다. 머리를 쪽진 여자는 60살 정도 되어 보였다.

두 여자는 모녀지간이었다. 젊은 여자의 친정어머니가 불상 뒤쪽의 쪽진 여자였다. 친정 어머니와 딸, 두 여자가 쭉쭉 퍼붓는 빗속에서 부처님 제단의 무성한 잡초를 뽑고 있는 광경은 한순간 마음이 짜안했다.

나는 비가 너무 많이 오니까 그만 집으로 가야되지 않느냐고 물었다. 젊은 여자가 어머니의 뜻이라서 풀을 다 뽑기 전에는 갈 수 없다며 웃었다. 아침나절에는 비가 오지 않았는데 점심 넘기며 비가 쏟아져 별 도리 없었다고 했다. 이 외진 곳에 부처님 계신 것은 어찌 알았냐 물으니까 어머니 친구가 삽실 마을에 살아 가끔씩 이곳을 찾는다고 했다. 그런데 며칠 전부터 어머니 꿈에 웬 부처님이 나타나 갑갑하다, 하여 이상하게 여겼다. 아침에 불현듯 어머니가 삽실 부처님이 생각난다며 안강에서 부랴부랴 온 것이었다.

제단 위에는 가부좌를 튼 청년 부처가 있었다. 지금까지 많은 불상을 봤지만 나는 그렇게 단단한 골격에 시쳇말로 잘 빠진 부처는 처음 보았다. 군살이라곤 없는 참으로 미끈한 부처였다. 한눈에 청년이란 느낌이 든 것도 이상한 노릇이었다. 나는 부처의 얼굴을 본 순간 화들짝 놀랐다. 청년 부처의 왼쪽 눈이 없었다. 눈이 처음부터 없었던 것 같지는 않았다. 안쪽으로 후벼 팠는지 눈이 깊게 패였고 우둘투둘 상처도 있었다.

누가 무슨 딱한 사정으로 부처님의 혜안을 가져가는 몹쓸 일을 저질렀을까? 외눈의 청년 부처는 비가 쏟아지는 잡초더미 속에서 무슨 생각을 하고 있었을까? 나는 괜스레 부처의 몸을 쓸어보고, 발돋움을 해 아픈 눈을 한 번 어루만져 보았다.

"풀이 이렇도록 자랐으니 우리 부처님이 얼마나 답답했겠소. 미련한 중생이 내 편차고 부처님 세상 밝히는 눈을 가린 줄도 몰랐소. 미안하고도 미안했소. 맨몸에 이리 비를 두드려 맞으니 춥기는 여북하셨겠소."

젊은 여자의 어머니가 둘레둘레 풀을 뽑으며 부처에게 말을 건네 듯했다. 잡초를 다 뽑기에는 시간이 많이 걸릴 듯했다. S와 나는 비가 그칠 것 같지 않으니 밝은 날 다시 오는 게 좋겠다고 젊은 여자의 어머니에게 말해 보았다.

"볼품없는 한데 풀밭이지만 엄연히 여기도 법당이오. 우리 모녀 신경 쓰들 말고 갈 길이 먼데 어여 길 떠나시오."

두 모녀는 안강 가는 버스 올 때까지 한시간 남았으니 그때까지만이라도 웬만한 잡초는 뽑아놓겠다며 빗물이 흥건한 얼굴로 웃었다. S와 내가 쓰고 있던 우산을 모녀에게 건넸지만 한사코 마다했다. 우리는 할 수 없이 사당 바깥으로 나와 우산 두개를 모녀 앞으로 던져주고 얼른 차에 올랐다.

S와 내가 삽실 마을을 돌아 내려올 때까지도 두 모녀는 엉덩이

를 하늘로 올리고 여전히 풀을 뽑고 있었다. 한 손에 우산을 든
채였다.

  가을이 되어 경주로 갔을 때, 지난 여름, 그 모녀와 부처님 생각
이 나서 양동 마을로 차머리를 돌렸다. 저수지가 보이는 곳, 분명
바윗돌에 '삽실 마을'이라 표시되었는데 사당은 보이지 않았다.
사당이 있던 자리는 깊숙이 파헤쳐졌고 그 옆으로 흙더미와 골재
가 높게 쌓여 있었다.
  삽실 마을의 외눈부처가 떠나간 곳을 두 모녀는 알까?
  나는 공연한 짐작을 해보았다. (2004)

아주 작은 풍경

　문현동 안동네 산의 23번지 돌산 1길은 마을의 제일 높은 곳에서 남루한 골목들로 이어져 있었다. 눈 아래 고층 아파트가 주는 활기와 달리 마을은 이미 제 구실을 잃은 듯했다.

　문현동 안동네는 재개발 예정지의 황폐함에 한껏 쓸쓸했다. 머잖아 사라지고 말 돌산 1길. 그 허름한 골목을 벽화가 가로등처럼 밝혀주고 있었다.

〈따뜻한 벽화 이야기〉

주민과 시민 학생들의 자원봉사로 골목담장마다 그림이 그려져 있었다. 나는 한국도사견 투견본부 앞에서 시작된 〈아늑한 집의 풍경〉부터 벽화 이야기를 읽어나갔다. 막대에 잠자리를 달고 다니는 소년, 아이의 자전거 뒤에 올라탄 즐거운 고양이, 오색의 종이비행기를 날리는 아이들, 작은 출입문의 유리창 파편 그림을 보고 깜짝 놀라는 야구 소년, 장독 뒤에서 숨바꼭질하고 그네를 타는 아이들.

조용한 돌산 골목이 아이들로 통통거렸다. 골목은 역시 아이들이 제격이다. 다 떨어진 미닫이문은 우체통으로 꾸며 우편함을 달아놓고 문패도 달아 놓았다. 실제 주인은 외출을 했는지, 재개발의 희망을 안고 거처를 옮겼는지 대문엔 자물쇠가 채워져 있다. 간혹 지나가는 등산객들만 보일 뿐, 돌산 골목에 주민의 인적은 아무데도 없다.

한참 그림을 읽고 있는데 어디선가 웃음소리가 터져 나왔다. 고물상 옆의 〈길손집〉에서 자지러져 나온 웃음이다. 남녀의 두런거리는 목소리가 들렸다. 나는 홍등가 같은 주렴 사이로 슬쩍 안을 들여다보았다. 등산객들이 홍어를 안주로 생탁을 들이키는 중인가 보았다. 유리창에 써진 '안주일절' 선술집은 대개 '안주일체'가 아닌 안주를 절대 팔지 않는다는 잘못 써진 '안주일절' 이 풍취가 있었다. 〈길손집〉의 음식냄새가 그나마 텅 빈 마을의 쓸쓸함을 달래주었다.

돌산길의 집들은 길 위에 있기도 했지만 길 아래 어깨를 맞댄 집이 더 많았다. 얇은 슬레이트 지붕은 작은 물통으로 눌러 놓았고 지붕에 바투 붙은 대형물통엔 죄다 옷이 들어 있었다. 비좁은 집안 탓에 철지난 옷들은 길 위에 보관해 둘 수밖에 없나보았다. 돌산 1길의 제일 위쪽 골목은 돌산 공원에서 끝났다. 공원의 찬 바람 속에서 바둑을 두는 두 노인은 사뭇 진지하다. 설렁한 양묘장 안을 기웃거려보곤 벽화골목으로 다시 돌아 나왔다.

좁다란 담벼락의 아이들은 턱을 치켜들고 빨갛고 파란 비눗방울을 날린다. 비눗방울을 날리며 노는 아이의 옆집은 별로 빛난다. 이렇게 별 대문을 만든 이는 누굴까? 실없는 생각을 하며 〈부산산장〉 앞 왼쪽 계단으로 내려섰다. 아랫골목은 사람 사는 냄새가 났다.

처마 아래 무시래기도 말려져 있고 밤송이며 빨간 고추도 늘어놓았다. 초록 그물망으로 만들어진 손바닥만 한 대문 안엔 삶은 빨래가 펄럭거렸고, 사람이 그리웠든지 누런 똥개는 꼬리를 있는 대로 흔들어댄다. 텃밭 둘레의 크고 작은 장독, 플라스틱 박스 속의 모판들, 굴뚝, 연탄재들은 가난한 살림살이를 엿보게 했다. 나는 구름 같은 아이스크림이 녹아내리는 벽화를 지나 아직도 꽃을 달고 있는 털 머위, 싱싱한 마삭 줄이 핀 마당으로 들어가 보았다. 집들은 낮고 어두워도 마당의 꽃들은 햇빛과 바람이 좋았든지 잘도 피어 있었다.

〈팔구 경로당〉 앞, 마침 허리를 구십 도로 꺾은 할머니가 나타났고 할머니의 머리 위와 발 아래로 까치 떼가 날아들었다. 할머니

는 그 쓸쓸한 풍경 속으로 천천히 걸어갔다. 〈아늑한 집의 풍경〉
에서 시작한 〈따뜻한 사람들의 벽화 이야기〉 마지막 그림은 47
번 〈담쟁이 나팔꽃〉이었다. 나는 담쟁이 넝쿨에 기대어 돌산 1길
을 훑어보았다.

　문현동 안동네 산의 23번지 돌산길은 정겨운 골목이 사라져가
는 아주 작은 서정의 풍경이었다. 사라져 가는 골목들은 지킬 수
가 없어서 더욱 그립다. (2009)

국도를 따라서

신문을 읽다가 헤드라인 제목을 보고 가슴이 덜커덩 내려앉았다. 세상사 어지간히 기쁜 일이나 막막한 일에 마음이 흔들릴 나이도 벌써 지났다고 생각하는 터에 이렇듯 깜짝 놀랄 일이 내게도 남아있었다니 새삼스러운 노릇이었다.

섬진강변 4차선 확장공사
하동 - 화개 19번 국도 경관 훼손 위기
하동읍 광평리에서 악양면 미점리에 이르는 9.7km 1구간이 올해 안으로 착공될 것이라 보인다는 기사의 내용은 다각적 측면에서의 조사, 평가 자료를 실어두었다. 구불구불한 현재의 길과 공사가 끝난 후의 미끈한 4차선 도로 사진도 나란히 실렸다.

3월 말, 나는 아무래도 강을 끼고 굽이굽이 돌아가는 남도의 아름다운 길을 한번 걸어보아야겠기에 아침이 되기 전 길을 나섰다. 남해 고속도로를 타고 도중에 문산에 들러 어머니를 잠깐 만났다. 묘지 앞으로 진달래가 제법 피어 어머니가 쓸쓸하진 않겠구나, 안심이 되었다. 하동에서 빠져드니 섬진강을 왼편에 두고 이내 19번 국도가 길게 펼쳐졌다.

　때마침 만개한 벚꽃이 구름처럼 피어올라 절정이었다. 상춘객들이 나서기에 아직 이른 시각이어서 길은 속력을 내지 않아도 되었다. 구례가 다 되도록 끝없는 꽃길 속에서 나는 마음이 환해지면서 한편으론 애련한 마음이 되었다. 예사롭지 않은 이 길의 즐비한 벚나무가 잘려나가고, 마을과 강을 가로막는 방음벽이 설치된다니 참으로 하수상한 시절이구나 싶었다.

　관광철의 일시적인 교통정체를 해소하기 위해 4차선 도로로 확장하면 질러 만날 수 있는 강의 수려한 풍광. 하지만 전문가가 아니더라도 그 길을 연모하는 사람들은 오래잖아 19번 국도가 제멋을 상실하고 말 것을 눈치 챌 것이다. 환경 영향 평가를 토대로 하는 공사라지만 산자락이 잘려 나가는데 무슨 대안이 먹혀들 것인지 알다가도 모를 일이다. 봄이 되면, 남도의 꽃길과 강물을 그리워하는 사람들의 발길이 넘쳐나는 19번 국도. 오늘도 잠시 후면 이 길은 몸살을 앓을 것이다.

무슨 까닭인지 봄날, 하동포구에 선 사람들은 어쩐지 너나없이 가슴에 잊지 못할 추억거리라도 있는 듯이 멋스러워 보인다. 내게도 오래된 기억이 하나 있기는 했다. 열일곱 살의 어린 그 가을, 나는 섬진강 둑길의 코스모스 밭 속에서 징징 울었다. 여고 1학년 때부터 혼자 상사가 깊었던 국어 선생님이 2년 후, 전근을 가버린 뒤, 나는 마음을 가눌 길이 없었다. 가을이 깊어서 전근을 가버린 담임선생님을 찾아 먼 하동까지 갔지만 선생님은 이미 가정을 꾸리고 있었다. 그 날 선생님이 나를 데리고 간 곳이 섬진강 기다란 강 언덕이었다. 지금처럼 잘 단장된 언덕길은 아니었지만 흙먼지 풀풀 날리던 코스모스 길을 참 많이도 걸었던 것 같았다.

모두 지나가는 게 인생인지라 대학생이 되고 이내 나는 선생님을 잊고 지금껏 한 번도 찾아뵙지 못했다. 그저, 그땐 19번 국도였는지 알지도 못했던 길을 달리거나 잠깐 걸을 때면 생각날 정도였다. 3월이 되면 버릇처럼 남도의 산야를 서성거린다는 소설가와 시인들… 화개에 사무친 윤대녕, 김 훈, 곽재구, 안도현 … 동병상련에 빠진 많은 무명의 사람들. 그들 또한 강기슭과 언덕바지에 무수한 서정의 편린들을 남겨두었는지 알 수 없다. 열린 차창 너머로 꽃향기가 강바람을 타고 일순에 몰려들었다.

나는 구례에서 다시 861번 지방도로로 들어섰다. 19번 국도에 비해 한갓진 이 길을 나는 부러 걸어본다. 861번 길엔 유난히도 매화꽃이 많다. 청매, 홍매, 백매, 언젠가 매화 마을에서 하룻밤을 자보리라 여겨두었던 적이 오래되었다. 바짝 붙은 강물을 따라 대책 없이 걸었다. 걸음은 최대한 느리게 한다. 가까이 다가가면 강물 속에 산과 나무가 흔들리고 나도 그림자가 되어 비쳐들었다.

내가 선 둘레둘레 어린 민들레, 제비꽃이 연방 벙실거린다. 잠깐 걷다가 앉았다가 했는가 싶은데 벌써 차들이 밀려든다. 관광철의 교통체증이 시작될 참인가 보았다. 그래도 시간이 지남에 따라 사람이든 차든 제 길을 잘들 찾아갈 것이다. 나는 사람의 길이 자꾸만 사라져 가는 게 안타깝다.

어쩌면 약간 불편하고 더딘 것들이 사람들에게 이다음 서정과 그리움을 제공할지도 모른다. 차들이 미끄러지게 달리는 것도 근사하지만, 차가 달리지 못하는 길에 느적느적 거리거나 비척비척 대며 걸어가는 사람들의 모습은 여유롭다. 그 곁에 슬쩍 지나치는 너구리 한 마리 있다면 절로 웃음이 나올 게 뻔하다.

형편없이 낡은 생각이라 해도, 봄가을 없이 국도를 따가 걸어가는 여정은 남루하지만 행복하기도 하다. (2004)

삼동 소크라테스

울산시 울주군 삼동면 마을 사람들은 그를 삼동 소크라테스라 부른다. 그의 언행이 소크라테스를 닮았기에 붙여진 이름이다. 그는 진실하고 도덕적이며, 박학다식하고 외로우면서도 독야청청한 것이 소크라테스의 풍월과 흡사했다. 처음부터 그가 그리스의 대철학자 칭호를 달았던 것은 아니었다.

이런저런 연유로, 외가가 있는 삼동의 쓸모없는 야산에 들어와 삽과 곡괭이로 산을 개간할 때 사람들은 그를 돈키호테라 불렀다. 뜬구름 잡는 그의 언행이 한계에 달하는 것은 시기상의 문제일 뿐 반드시 하산하리라 예측되어 있었다. 그러나 마을 사람들의 냉소에 그는 무심했다.

수도와 전기 없는 야산에 텐트를 치고 진종일 일을 했다. 일을 하다 배가 고프면 요깃거리가 없어 건빵을 먹고 물 한 주전자로 허기를 채웠다. 아들의 배부터 채운 뒤 먹는 건빵 위로 눈물이 떨어지곤 했다. 그때만 해도 시골에서 유학하기 어려웠던 서울의 명문대학과 대학원을 졸업한 그. 소크라테스는 산중생활에서 무엇보다 진실하고, 성실하며, 절망을 희망으로 바꾸는 한국 아버지의 슬기와 용기를 아들에게 보여주려 했다.

낮에는 자급자족을 위한 황무지 개간에 주력했고, 밤에는 끝도 없이 빛나는 별을 바라보는, 아들의 눈을 보면 그는 행복했다. 아들은 아버지를 통해 북두칠성, 오리온, 큰곰자리, 견우와 직녀, 별자리를 익히고 별 이야기를 새겼다. 웬만큼 일구어진 산에 그는 양계부터 시작했다. 지금도 달걀을 보면 닭똥 냄새가 날 정도로 밤낮 없이 양계에 몸을 바쳤으며 한 번도 거르지 않았던 아들의 도시락 반찬에 계란말이가 빠지는 날 역시 없었다. 마을 친척과의 왕래도 몇 년 후, 고기 몇 근이라도 사 들고 갈 수 있을 때 텄다. 그는 십 년 동안 목욕이라곤 하지 않았다. 땀 흘리고 일하다 눈비 내리면 눈비 맞는, 거친 산야에 잡목같은 생활을 계속했다.

삼동 사람들의 예측이 어긋나면서 마을 사람들은 간격을 좁혀왔다. 그는 오두막 방문객에게 〈일리아드 오디세이〉에 나오는 요녀 〈시루세〉신화 -탐욕의 인간을 돼지로 둔갑시키는- 얘기하길 즐겼는데 그에게 소크라테스란 칭호를 처음 단 사람의 말로는 플라톤이나 아리스토텔레스와는 달리 소크라테스의 모든 철학 이론이 자연을 기초로 체계화된 것에 근거를 두었다고 했다. 방문객들의 입을 건너 어느새 삼동의 소크라테스가 된 그는 이웃의 어려운 일을 앞서서 해결했으며, 삼동 사람들의 의논 상대가 되었다.

어눌한 그의 이면에 빛나는 지혜가 숨어 있음을 삼동 사람들이 뒤늦게 알아차렸다. 그 새 훌쩍 큰아들의 교육은 부산의 누님께 부탁한 뒤, 다시 십 년을 농작물, 목축 증산에 쏟았다. 그가 허리를 편 자리엔 꽃이 피어났고 작물이 수확되었으며 가축이 식구를 늘렸다. 흙과 사람이 분별 되지 않는 어려운 날의 연속이었다.

스스로 택한 환경에 최선을 다한 그에게 야산 밑으로 4차선 도로가 나는 행운이 닥쳤고, 소크라테스는 부동산 부자가 되었다. 꽃과 나무의 습성, 별의 흐름에는 훤했지만 공부가 시원찮았던 아들은 그동안 중국으로 유학을 갔다. 평생 제 몫의 밥벌이 준비를 시켜야겠다는 아버지의 생각에 동의한 아들은 외국인이면 수월케 입학하는 대학의 조리학과에 들어갔다.

부자 된 후에도, 소크라테스는 명주 한 벌 없이 무명바지 저고리에 고무신이 여전했다. 그런 것이 나이보다 훨씬 그를 늙어 보이게 해도 그건 상관없었다. 경제적 여유가 일손을 놓게 하진 않아서 일을 마치고 시간 남으면 골동품 수집하러 이곳저곳 헤맸고, 그렇게 불어난 골동품은 인근 초등학교에 기증했다.

나이 쉰이 가깝도록 아내 없이 별, 풀, 짐승을 가족 삼아 산속에만 파묻혀 사는 삼동 소크라테스에게 큰언니가 중매를 섰다. 이십 년 전, 간호사로 스위스에 건너가 오로지 '조국 남자 만나리라' 취리히 대학 병원의 수간호사로 근무 중인 미혼인 친구에게 삼동 소크라테스 얘기를 했더니 유럽 오면 만날 기회 얻고 싶다며 관심을 보였다.

옷 한 벌 사 입지 않는 그였지만 여행에는 후해서, 스위스의 취리히 크롯트 공항에서 만남이 이루어졌다. 아무리 꾸며도 태가 나지 않는 소크라테스가 맘에 걸린 언니에게 친구가 떨떠럼한 목소리로 첫날 경과를 보고해 왔지만, 며칠 후 친구의 목소리는 지구 반대편에서 통통통 뛰어 왔다. 겨울 산을 오르는 탄탄한 등산 실력, 좌중의 사람들을 솔깃하게 하는 각 분야의 이야기 솜씨, 유창한 영어 구사력, 쇼핑할 때 물건을 보는 높은 안목, 무엇보다 향락이 절제된 소크라테스 같은 허술한 품격.

먼 이국땅에서 마흔다섯 외로웠던 스위스의 한국 간호사는, 건

실한 남자면 손톱에 때 낀 것이 무슨 대수냐,고 행복하게 웃었단다. 그의 몸에 묻어나는 순결한 영혼을 읽어내는 한국의 노처녀였다. 그러나 정작 스위스 다녀온 소크라테스, 스위스 농가주택의 요양 저양을 눈 여겨와, 창 아래 화분 턱 만들기, 장난감 같은 울타리 치기, 산속 오두막집 개조하기에만 바빴다. 소크라테스는, 처음부터 제사보다는 잿밥에 생각이 있었는지 모른다.

작년 언니 내외가 산속 오두막집에 갔을 때 소크라테스가
"중국에 가서 구한 진짜 웅담인데 소주 반 되에 타서 하루 한 잔씩 마시면 좋다"
고 하며 약병을 하나 건네주었다. 차를 몰고 울퉁불퉁한 산모퉁이 길을 제법 내려왔을 때, 소크라테스가 헐떡벌떡 죽을 힘 다해 뛰어왔다.
"소주 반 되에 타는 게 아니고 소주 한 됩니다. 한 되."
그의 뒤로 방목 중인 사슴 몇 마리 함께 헐떡이고 사슴처럼 웃고 선 그. 언니는 왠지 그 모습이 면식 없는 그리스의 소크라테스처럼 여겨졌다.

소크라테스의 산속 오두막집으로 올라가는 길섶마다 도란도란 겹복숭이 꽃이 정답게 피어있다. 농협에서 구한 아직 덜 여문 씨

앗을 종이에 소중하게 싸서 방문객에게 건네는 다정다감하고 박식하고, 꽃을 좋아하는 외로운 삼동의 소크라테스. 그는 요즘 사슴목장에 정신을 쏟고 틈틈이 여행하며 그 길에서 만난 야생화 찍는 것에 푹 빠져 있다.

제 각각의 취향대로 자리 잡은 삶, 거기에 행복이 있었다.

(1997)

벨라뎃다 수녀님께

봄이 되니, 제가 사는 이곳 아파트의 꽃밭은 꽃들의 수런거림으로 종일 명랑합니다. 〈사랑의 고리〉앞 마당과 뒤란에도 지금쯤 노란 산당화 향기가 한창이리라 생각합니다.

벨라뎃다 수녀님, 일전에 서울에 가서, 수녀님을 한 번 뵈오려 〈사랑의 고리〉 공동체로 찾아 갔을 때, 수녀님은 구로본당으로 외출 중이었습니다. 바쁘신 줄 번연히 알면서 미리 약속을 해 두는 것은 폐가 될 듯해 전화연락 없이 들렀더니, 역시 바쁜 하루를 보내고 계신 모양이었습니다. 그 곳 공동체 식구들은 여전히 서로의 귀와 입, 다리가 되어 서로의 부족한 부분을 세심하면서도 충실하게 대행해 주고 있었습니다. 그들의 모습에서도 수녀님의 온전한 사랑의 모습을 보고 돌아 왔습니다.

벨라뎃다 수녀님, 근간의 무력감을 안고 오늘은 광안리의 〈성 베네딕도〉 수녀원엘 다녀왔습니다. 〈명상의 길〉 가에 앉았더니 마른 풀밭사이로 연녹색의 쑥잎이 올라와 있었고, 바람과 햇살은 그 쑥잎에게 치근거리고 있었습니다. 그런데 오늘은 그런 것조차 새로울 게 없다는 열패감에 눈뿌리가 젖어 왔습니다. 처음부터 〈베네딕도〉 수녀원엘 가려고 집을 나섰던 것은 아니었습니다.

장미꽃을 그리다보면 결국 꽃잎이 넓고 둥근 양귀비꽃으로 변해 버려 그림도 되지 않았고, 글머리 또한 좀체 풀리지 않아 당선 소감의 길이를 넘지 못하는 마음을 달래고자 광안리에 갔습니다. 그렇지만 그곳에서 마음을 달래려 한 것은 나의 불찰이었습니다.

어느새 오만해진 광안리 바다는 나를 받아주지 않았고, 나 또한 젊음의 영화 속에 주책을 떠는 궁상스런 어른은 되기 싫었습니다. 젊었다고 하기엔 늙었고, 늙었다고 하기에 아직 젊은 내가 떠올린 곳이 〈베네딕도〉 수녀원이었습니다.

수녀원 기도의 길 뒤편에 가득했던 찔레꽃, 라일락이 문득이나 그리워졌습니다. 마땅히 갈 곳이 없었던 내가 그곳을 생각해 낸 것은 다행이었습니다.

벨라뎃다 수녀님, 수녀님께 〈데레사〉란 본명을 선물 받고, 견진을 받은 지도 7년의 세월이 흘렀지만, 여지껏 니는 냉담사입니다. 내게 있어서 신앙은 수녀원 침방의 담백함과 수녀원 언덕의 정취에 대한 호기심과 동경이 전부였었나 봅니다. 그렇게 멀리 떨어져 있는 내게, 수녀님은 수녀원 밖의 수녀가 되어 살면 나무랄 게 없다고 하셨습니다.

하지만, 지난 세월을 되짚어 보면 나는 전혀 그렇지가 못했습니다. 자신의 삶의 전부를 이웃에게 내어 주면서도 어디에나 계신 수녀님과는 너무나 달랐습니다. 내 삶의 작은 한 부분까지도 내 안에 가두어 두고 있으면서도 요즘 나는 어디에도 내가 없는 듯하여 황망하기만 합니다. 〈사랑의 고리〉 공동체 식구들처럼 작은 기쁨도 소중히 여기지 못했고, 큰 슬픔에도 의연하지 못했던 우둔함의 결과라 자성을 해 봅니다.

벨라뎃다 수녀님, 솔잎이 바람의 장난에 흔들리는 것을 보며 명상의 길에 올랐을 때, 그 뒤편에서 작은 묘지를 만났습니다. 세상을 떠난, 종신 서원했던 수녀들의 평평한 묘지였습니다. 살아서 이웃에게 내 준 삶이 죽어서도 봉분을 올리지 않았음에 마음 끝이 시려 왔습니다. 이 곳 수녀님들이 〈라일락 길〉이라 부르는 꽃길에 아직 라일락은 피지를 않았고 산길 아래쪽에 수녀님들의 하얀 침방 건물이 보였습니다. 시인인 이해인 수녀의 침방도 그 가운데의 하나이리라 눈 여겨 보았습니다.

벨라뎃다 수녀님, 언뜻 작가 박완서씨가 아들을 잃고 이 곳 〈언덕의 방〉에서 어려운 날들을 보냈던 글을 읽은 게 떠올랐습니다.

나도 그러고 싶었습니다. 사람들로부터 적당한 간격으로 떨어져 나와 있다 보면, 혹시나 나를 볼 수 있을지도 모릅니다.

어머니로서, 아내로서의 내가 아닌 한 독립된 개체로서의 나의 존재 이유를 찾을 것도 같습니다. 라일락과 아카시아가 필 때 까지만 〈언덕의 방〉에 머무를 수 있다면, 나 자신에 집착해 이웃에게 인색한 자신은 버릴 수 있을지도 모를 일입니다.

벨라뎃다 수녀님, 삼종기도의 종소리가 울립니다. 오늘은 예기치도 못했던 기도를 〈명상의 길〉위에서 올리게 되었습니다. 처음으로 진정한 마음의 기도를 올린 날이었습니다. 수녀님과 〈사랑의 고리〉식구들의 건강을 빕니다.

- 데레사 올림 -   (1998)

물철 선생

물철 선생을 만난 것은 집에서 10분 거리의 아파트 상가에서 학원을 할 때였다.

나는 아이들이 많지 않은 탓에 학원 교실을 비워두기가 아까워 벼룩시장 광고지에 교실 임대를 냈다. 교실을 보고 싶다며 온 사람이 물철 선생이었다. 산에 갔다 오는 중이었는지 배낭을 메고 창모자를 쓴 모습이 선생이라기보다 그냥 매인 데 없이 살아가는 사람이란 첫인상을 받았다. 입성과 달리 내 눈엔 썩 잘생긴 얼굴로 비쳤다. 먼저 학원에서 무슨 사정이 있었는지 모르지만 굳이 덩치 큰 학원이 필요 없어 셋방을 얻게 되었다고 했다. 고등학교 입시 국어를 가르치고 있는 물철 선생은 나중에 알고 보니 신시가지 학원가에서는 꽤 이름난 선생님이었다.

물철 선생이란 그의 언행을 조합하여 내가 만든 별명으로 이름의 끝 자인 '철' 앞에 '물' 을 붙여 부르게 되었다. 여기서 '물'은 미네랄이 풍부한 일급수를 말한다. 물의 속성과 철의 속성을 지닌 조합이 물철 선생의 됨됨이에 딱 맞아떨어졌다. 시간이 지날수록 첫눈에 받은 느낌보다 물과 철의 강도는 훨씬 더했다. 도무지 마음에 걸림이 없었다.

이미 백발이 성성했지만, 멀리서도 학생들이 많이 찾아왔다. 입

시생인 만큼 수강료도 만만찮을 텐데 물철 선생의 수강료는 근처에서 가장 낮았고 수업은 가장 질이 높다고 평이 나 있었다. 형편이 어려운 학생에겐 터무니없는 수강료를 받는다는 소문이 돌기도 했다. 예전에 학생이 복작복작할 때도 물철 선생의 학원은 '오두막집'이란 간판을 내걸었다고 한다. 폼이 아니고 사람 자체의 품격이 그렇다는 건 금방 알 수 있었다.

주로 주말에 수업을 하는 물철 선생의 수업열의는 대단했다. 몇 십 년을 같은 내용이라 눈감고도 할 텐데 그러질 않았다. 수업 준비가 철저했고 학생들의 진로상담에도 빈틈이 없었다. 그렇다고 죽자고 공부만 하라고 하지도 않았다. 공부외의 것을 더 중요하게 생각했다. 간혹 내게도 학생을 소개해 주기도 했다.

큰 길가에 인접한 학원에는 잡상인들이 자주 올라왔다. 나는 모른 척하기도 그렇고해서 그들이 내미는 물건들이 별 필요는 없어도 하나씩 샀다. 장사치의 물건은 사면되었지만 그냥 구걸하는 사람도 적지 않았다. 어느 토요일, 수업은 없었지만 뭔가 할 일이 있어서 학원에 갔다. 상담실에 남루하기 짝이 없는 남자들이 물철 선생을 중심으로 양쪽에 앉아 있었다. 남자들은 진지했지만 외양과 전혀 어울리지 않았다. 뭔가 심각한 이야기를 나누고 남자들은 돌아갔다. 물철 선생의 말인즉, 며칠 전, 단골 걸인 세 명을 한자리에 모았다.

"멀쩡한 육신으로 구걸이 웬 말이냐, 당신들이 공동으로 할 수 있는 일을 구상해 오시오. 내가 도와주겠소."

라는 숙제를 주었더니 예사롭지 않은 답을 들고 왔다고 했다.

물철 선생은 머릿속으로 포장마차 정도는 내줘야겠다고 생각했다. 하지만 그들이 내놓은 답이란 게 어처구니가 없었다.

"프랜차이즈 등산화 매장으로 최종결정을 내렸는데 줄잡아 자금이 3억은 필요합니다."

고 해서 다시 형편에 맞춰 생각해 오라고 돌려보냈다는 것이다.

나는 그때, 물철 선생의 발상에 화들짝 놀랐다. 요즘 세상 아니더라도 누가 빈 말로도 그럴 수 있을까? 물철 선생은 며칠 뒤, 다시 걸인들을 만났다.

"무엇을 해도 1억은 있어야겠습니다"

그들은 당당하게 말했다.

다시는 학원 근처에 얼씬도 말라며 그들을 돌려보낸 물철 선생은 아무래도 걸인들이 자신을 미친 선생으로 여긴 것 같다며 웃었다.

남천동 바닷가에 사는 물철 선생이 하루는, 해변시장 입구에서 손님이라곤 없는 양말 파는 남자에게, 하루벌이가 얼마나 되냐고 물었다. 벌이가 영 시원찮아 보여서 마침 목이 좋은 곳을 알선해

줄 수 있어서였다. 순간 양말 남자는 경계의 눈빛으로 물철 선생님을 훑었다.

"여긴 내 구역이니 절대 눈독 들이지 마시오, 만약 그랬다가 감당 못할 후환이 있을 거요."

물철 선생은 양말남자의 거친 말을 감수하고 사정설명을 했다. 하지만 결국 양말남자로부터 웃기지마라는 핀잔만 들었다. 물철 선생은 누가 봐도 허투루 말하지 않는 신뢰 가는 품격을 지녔지만 걸인들이나 양말남자는 그것을 읽지 못했다.

한번은 내게 시간을 좀 내달라는 부탁을 했다. 누구를 만나러 가는데 동행할 마땅한 사람이 없다고 했다. 사연도 모르고 함께 갔다. 물철 선생이 광안리 바닷가의 커피숍에서 만난 사람은 국회의원이었다. 수행원이 옆자리에 있었다. 두 사람은 가까워 보였고 국회의원은 물철 선생에게 깍듯하게 대했다. 두 사람은 처음, 나를 빌미로 문학 얘기를 주고받다가 본격적으로 업무 이야기를 했다. 면바지에 샤쓰 차림인 물철 선생이 이른바, 높은 국회의원을 동생처럼 격 없이 대하는 모습이 보기 좋았다.

2010년, 최민식 주연의 〈악마를 보았다〉라는 영화가 한참 떠들썩했다.

공포영화를 좋아하지 않는 나는 그 영화를 보지 않았다. 어느 날, 물철 선생이 영화 〈악마를 보았다〉를 고발하기로 마음먹었다고 했다.

예술이 아무리 고유한 창작의 영역이지만 〈악마를 보았다〉를 도저히 그냥 둘 수는 없다고 했다. 더군다나 최민식 정도의 거물급 배우가 인간성을 말살하는 흉포한 영화를 찍었다는 것도 물철 선생에겐 개탄할 노릇이었다. 사람이 사람이기를 포기하는, 사회악을 조장하는 영화는 다시 생각해봐야 한다는 뜻이었다. 며칠 후, 수강학생의 아버지 중 변호사가 있어 고발의 사유를 조목조목 기록해서 고발장을 법원에 시켰다며 물철 선생은 사람 좋게 웃었다.

그런 일이 있고 갑작스런 사정으로 물철 선생은 학원을 옮기게 되었다. 따로 연락할 일도 없고 해서 그 고발이 어찌 됐는지는 알지 못하고 1년이 지날 때. 물철 선생에게서 전화가 왔다.

"나는 죽어도 쌉니다."

한 계절, 병원에 있다면서 던진 말이 경쾌했다.

나는, 물철 선생이 보이지 않는 세상, 후미진 곳에 미네랄 풍부한 물처럼 스며들기를 바랐다. (2010)